War Horse

워 호스

초판 1쇄 발행 2011년 12월 30일 ㅣ 초판 2쇄 발행 2013년 4월 5일
글쓴이 마이클 모퍼고 ㅣ 옮긴이 김민석
펴낸이 홍 석 ㅣ 기획위원 채희석 ㅣ 편집진행 김숙진 · 김태윤
디자인 손현주 ㅣ 마케팅 홍성우 · 김정혜 · 김화영
펴낸곳 도서출판 풀빛 ㅣ 등록 1979년 3월 6일 제 8-24호
주소 서울특별시 서대문구 북아현동 177-5
전화 02-363-5995(영업) 02-362-8900(편집) ㅣ 팩스 02-393-3858
전자우편 pulbitkids@pulbit.co.kr ㅣ 홈페이지 www.pulbit.co.kr

ISBN 978-89-7474-680-3   13840

이 도서의 국립중앙도서관 출판시도서목록(CIP)은 서지정보유통지원시스템 홈페이지
(http://seoji.nl.go.kr)와 국가자료공동목록시스템(http://www.nl.go.kr/kolisnet)에서 이용하실 수
있습니다.(CIP제어번호: CIP2011005354)

* 책값은 뒤표지에 표시되어 있습니다.

War Horse

워 호스

마이클 모퍼고 글 | 김민석 옮김

War Horse

작가의 말

W a r   H o r s e

　지금 마을 회관으로 쓰고 있는 옛날 학교 건물에는 벽시계가 10시 1분을 가리킨 채 멈추어 있다. 그리고 그 밑에는 먼지투성이가 된 작은 말 그림이 걸려 있다. 위풍당당한 적갈색 말인데, 이마에 있는 십자가 모양의 흰 점이 하얀 발목들과 멋지게 어울렸다. 말은 깊은 생각에 잠긴 듯한 표정으로 그림 밖을 바라보고 있다. 우리가 그림 앞에 서 있는 것을 막 알아차리기라도 한 듯이 귀를 앞으로 쫑긋 세우고 고개를 돌리고 있다.

　교구 모임이나 추수감사절 만찬이나 저녁 친목 모임이 있는 날이면 마을 회관의 문이 열린다. 무심코 쳐다보는 사람들한테는 이 그림은 재주는 있지만 잘 알려지지 않은 화가가 그린 유화에 불과할 것이다. 이름을 알 수 없는 빛바랜 말 그림일 뿐이다. 마을 사람들은 이 그림이 너무 낯익어 관심을 갖지 않는다. 하지만 그림을 꼼꼼하게 살펴본 사람이라면 청동 액자 아래쪽에 동판으로 찍은 것처럼 가늘고 예쁜 글씨로 적어 놓은 희미한 글자를 찾을 수 있을 것이다.

조이.
1914년 가을, 제임스 니컬스 대위가 그림.

이제 마을 사람들 가운데 조이를 기억하는 사람은 얼마 되지 않는다. 해가 갈수록 그 수도 줄어들 것이다. 조이와 조이를 알고 있는 사람들과 그들이 겪은 전쟁이 세월 속에 묻히지 않도록 조이의 이야기를 글로 남기려 한다.

1장

아주 어릴 때의 기억은 언덕이 많은 들판, 축축한 마구간, 대들보 위를 날래게 달려가던 쥐의 모습이 뒤죽박죽으로 섞여 있다. 하지만 말 시장이 열린 날은 또렷하게 기억한다. 그날 느꼈던 두려움은 평생 나를 따라다녔다.

나는 태어난 지 채 여섯 달도 안 된 호리호리하고 껑충한 망아지였다. 나는 그때까지 엄마한테서 일 미터도 떨어져 본 적이 없었다. 하지만 그날, 왁자지껄한 경매장에서 엄마와 헤어진 뒤로는 두 번 다시 엄마를 만나지 못

했다. 엄마는 농장에서 일하는 멋진 말이었다. 나이가 들기는 했지만 옆구리와 앞다리 그리고 궁둥이와 뒷다리를 보면 혈기 왕성한 아일랜드산 짐수레 말이라는 걸 똑똑히 알 수 있었다. 엄마는 몇 분 만에 팔려 내가 문을 지나 뒤쫓아 가기 전에 경매장 밖으로 끌려갔다. 하지만 나는 좀처럼 팔리지 않았다. 엄마를 찾는 데 혈안이 되어 경매장을 빙빙 도는 모습이 난폭해 보였거나, 아니면 볼품없는 잡종 망아지를 사려는 농부나 집시가 없었기 때문인지도 모른다. 이유야 어쨌든 사람들이 한참이나 옥신각신하며 내 몸값을 깎고 나서야 망치를 내리치는 소리가 들렸다. 나는 사람들이 떠미는 대로 문을 지나 바깥에 있는 축사로 들어갔다.

"삼 기니면 괜찮지? 작은 싸움꾼인 네 몸값치고는 그리 나쁜 건 아니야."

술에 취해 거칠고 탁한 목소리였는데, 새 주인이 틀림없었다. 나는 그 남자를 주인이라고 부르지 않을 거라고 생각했다. 나한테 주인은 오직 한 사람뿐이기 때문이다. 그 남자는 손에 밧줄을 들고 있었는데, 얼굴이 불콰한 서너 명의 친구들과 함께 축사를 기어올랐다. 남자들은 밧줄을 각각 한 개씩 들고 모자와 웃옷을 벗고 소매를 걷어 올렸다. 그러고 나서 웃으면서 내가 있는 쪽으로 걸어왔다. 나는 남자들을 피해 뒷걸음치다가 축사 창살에 걸려 옴짝달싹 못 하게 되었다. 남자들은 한꺼번에 나한테 달려들었지만 동작이 느렸다. 나는 가까스로 남자들을 피해 축사 한가운데로 빠져나왔다. 고개를 돌려 쳐다보니 남자들은 더 이상 웃지 않았다. 내가 엄마를 부르며 날카로운 비명을 지르자 멀리서 엄마의 목소리가 들렸다. 하지만 목소리가 들리는 곳으로 달려가려고 울타리를 기어오르다 앞다리가 걸려 꼼짝 못 하게 되었다. 남자들이 내 갈기와 꼬리를 우악스럽게 잡고 목에 밧줄을 걸어 꽉 조였다. 내가 바닥으로 내동댕이쳐지자 한 남자가 내 몸 위에 올라타 눌렀다. 나는 기운이 다 빠질 때까지 버둥거리며 맹렬하게 발길질을 했다. 하지만 남자들이 너무 많은데다가 힘이 세서 어쩔 수가 없었다. 밧줄이 머리를 지나 목과 얼굴을 조였다.

"한번 해보겠다는 거지? 나도 싸움꾼을 좋아해. 하지만 어떤 식으로든 네놈을 쓰러뜨리고 말 거야. 지금은 싸움닭처럼 설쳐 대도 곧 고분고분 따르게 될 거라고."

술에 취한 남자가 말했다. 남자는 내 목에 건 밧줄을 조이면서 이를 악문 채 웃고 있었다.

남자가 농장 짐마차의 뒷문에 나를 짧은 밧줄로 묶었다. 시골길을 따라 끌려가느라 모퉁이를 돌 때마다 목이 뒤틀렸다. 짐마차가 농장 길에 접어들었다. 마차는 덜커덕거리며 다리를 지나 마침내 마구간 안마당에 도착했다. 나는 기진맥진했고, 밧줄에 긁힌 얼굴이 화끈거렸다. 그날 저녁, 마구간으로 끌려 들어가면서 위안이 된 건 내가 혼자가 아니라는 사실이었다. 시장에서부터 농장까지 짐마차를 끌고 온 늙은 말이 내 옆자리로 들어왔다. 늙은 말은 마구간으로 들어서다가 내가 있는 방문을 쳐다보며 나지막하게 울었다. 나는 마음을 굳게 먹고 방문으로 걸어가려 했으나 남자가 늙은 말 쪽에 농작물을 쿵 하고 내려놓는 바람에 주춤하며 구석으로 물러섰다.

"이 늙은 놈아, 저리 처박혀 있어. 어린놈한테 그따위 낡아 빠진 속임수나 가르치려 들다니."

남자가 큰 소리로 말했다.

잠깐이었지만 늙은 암말의 애정과 동정이 담긴 눈길을 느끼자 두려움이 가시고 마음이 한결 편안해졌다.

남자가 마구간을 빠져나가 비틀거리며 자갈길을 지나 농가로 들어갔다. 나는 물과 음식도 없이 마구간에 남겨졌다. 곧이어 문이 쾅 하고 닫히고 고함을 지르는 소리가 들렸다. 그러고 나서 안마당을 가로질러 달려오는 발소리와 함께 잔뜩 흥분한 목소리가 점점 가까워졌다. 잠시 뒤 방문 앞에 머리 두 개가 모습을 드러냈다. 머리 하나의 주인공은 아이였는데, 한참 동안 나를 쳐다보며 꼼꼼히 살펴보더니 이내 얼굴에 밝은 웃음이 번졌다.

"엄마!"

아이가 조심스럽게 말했다.

"훌륭하고 용감한 말이 될 거야. 얼마나 도도한지 봐."

아이의 말은 계속되었다.

"저것 봐. 땀에 흠뻑 젖었어. 닦아 줘야겠어."

"앨버트, 아빠가 그냥 놔두라고 했잖니? 손대지 말고 혼자 내버려 두라고 했잖아."

앨버트 엄마가 말했다.

"엄마, 아빠는 술에 취하면 자기가 무슨 말을 하는지, 어떤 행동을 하는지 모르잖아. 장날이면 늘 술에 취해 있고. 엄마도 아빠가 술에 취했을 때는 돈 계산을 맡기지 말라고 했잖아. 엄마가 조한테 사료를 주는 동안 내가 이 말을 살펴볼게. 정말 굉장하지 않아? 몸이 거의 빨간색이야. 엄마라면 적갈색이라고 할 거야. 코까지 내려온 십자가 무늬도 완벽해. 십자가 모양의 흰 점이 있는 말 본 적 있어? 이렇게 근사한 말을 본 적 있냐고? 좀 더 크면 내가 탈 거야. 이 말을 타고 어디든 갈 거야. 교구를 통틀어 이 말과 견줄 만한 말은 없을 거야. 아니, 주를 통틀어도 마찬가지일 거야."

앨버트가 내 방 문을 다시 닫으며 말했다.

"앨버트, 너는 이제 겨우 열세 살이야. 말이나 너나 너무 어려. 게다가 아빠가 말한테 손대지 말라고 했잖아. 마구간에 있다가 아빠한테 붙들려 와서 울며불며 애원해도 소용없어."

앨버트 엄마가 옆방에서 말했다.

"그럼 아빠는 도대체 왜 이 말을 사 온 거야? 우리한테 필요한 건 송아지잖아? 그래서 시장에 간 거고. 늙은 셀런다인의 젖을 먹고 자랄 송아지 말이야."

앨버트가 물었다.

"나도 안다. 아빠가 술에 취했을 때는 다른 사람이 되잖니. 아빠 말로는 이스턴 아저씨가 이 말을 사겠다고 입찰에 참가했대. 울타리 때문에 이스턴 아저씨하고 싸우고 나서 아빠가 아저씨를 어떻게 생각하고 있는지 너도 잘 알지? 이스턴 아저씨한테 이 망아지를 뺏기지 않으려고 산 것 같아."

앨버트 엄마가 목소리를 낮춰 가며 말했다.

"엄마, 아빠가 망아지를 산 건 굉장한 일이야. 술에 취했건 아니건 말을 산 건 아빠가 한 일 가운데 제일 잘한 거라고."

앨버트가 웃옷을 벗은 뒤 나한테 천천히 걸어오며 말했다.

"앨버트, 아빠에 대해 그렇게 말하면 안 돼. 아빠도 할 만큼 했잖아. 그러니 그렇게 얘기해서는 안 돼."

앨버트의 엄마가 말했다. 하지만 그 말은 설득력이 없어 보였다.

앨버트는 나하고 키가 비슷했다. 앨버트가 가까이 다가오며 다정하게 말하는 걸 들으니 걱정이 사라지고 마음도 한결 편해졌다. 나는 벽을 등지고 서 있었다. 앨버트가 나를 처음 만졌을 때 펄쩍 뛰었지만 해치려는 게 아니라는 걸 금방 알아차렸다. 앨버트는 등과 목을 차례로 문지르면서 둘이 멋진 시간을 함께 보낼 거라고, 내가 세상에서 가장 멋진 말이 될 거라고, 나중에 함께 사냥을 다니자는 이야기를 했다. 그리고 잠시 뒤 외투로 내 몸을 부드럽게 문지르기 시작했다. 내 몸의 땀이 모두 마를 때까지 문지른 뒤 밧줄에 쓸려 따끔거리는 얼굴에 소금물을 살살 뿌려 주었다. 앨버트는 달콤한 건초와 시원한 물도 가져왔다. 하지만 이야기를 멈출 기미는 보이지 않았다. 앨버트가 마구간을 나가려고 발길을 돌렸을 때 나는 큰 소리로 울면서 고마움을 나타냈다. 앨버트도 알아차렸는지 활짝 웃으며 내 코를 쓰다듬었다.

"너랑 사이좋게 지낼 수 있을 거야. 너를 조이라고 부를게. 그러면 저 늙은 조하고 이름이 비슷하니까. 너한테 어울리는 이름이지. 아침에 다시 올게. 이젠 걱정 마. 내가 돌봐 줄 테니까. 약속할게. 잘 자, 조이."

앨버트가 상냥하게 말했다.

"앨버트, 말한테 얘기해 봐야 소용없다. 알아듣지도 못 하는데. 아빠가 말들은 어리석은 동물이라고 그랬잖아. 고집도 세고 어리석다고 말이야. 아빠는 평생 말과 함께 지냈어."

앨버트 엄마가 밖에서 말했다.

"아빠는 말들을 이해하려고 하지 않아. 오히려 아빠 때문에 말들이 놀란다니까."

앨버트가 말했다.

나는 방문 너머로 머리를 내밀고 앨버트와 앨버트 엄마가 어둠 속으로 사라지는 걸 지켜보았다. 나는 그 순간 평생 친구를 만났다는 걸 깨달았다. 그리고 앨버트와 내가 신뢰와 애정으로 아주 가까이 묶여 있다는 것도 느꼈다. 옆방에 있는 늙은 조가 방문에 기대어 내 몸에 닿아 보려고 했지만 코조차 닿지 않았다.

2장

길고 혹독한 겨울과 안개가 자욱한 여름을 몇 번 지내면서 앨버트와 나는 함께 자랐다. 한 살짜리 망아지와 어린 마구간지기는 순박하고 수줍음을 잘 탄다는 것 말고도 비슷한 점이 많았다.

앨버트는 마을 학교에 가거나 앨버트 아빠와 일하러 농장에 가지 않을 때면 나를 데리고 들판을 지나 평지로 나갔다. 그곳은 토리지 강가에 있는 엉겅퀴가 무성한 황무지였다. 앨버트는 농장에서 유일하게 평평한 곳에서 나를 훈련시켰다. 처음에는 천천히 걷다가 총총걸음으로 여기저기를 왔다 갔다 했다. 나중에는 한쪽으로 힘껏 달리다가 방향을 바꿔 반대편으로 힘껏 달리기도 했다. 훈련을 모두 마치고 농장으로 돌아올 때는 내 마음대로 걷게 내버려 두기도 했다. 나는 앨버트가 휘파람을 불면 달려가는 것도 배웠다. 주인에게 복종하기 위해서가 아니라 늘 앨버트와 함께 있고 싶었기 때문이다. 앨버트가 부는 휘파람 소리는 올빼미가 계속 힘차게 우는 소리를 닮았다. 거부하거나 잊기 힘든 신호였다.

늙은 조는 앨버트를 빼고 유일한 친구였는데, 하루 종일 밖에서 쟁기질과 써레질을 하고 땅을 갈아엎는 일을 했기 때문에 나는 혼자 보내는 시간이 많았다. 그래도 여름에는 들판에서 조가 일하는 소리를 들을 수도 있었고, 때때로 조를 부를 수도 있어서 견딜 만했다. 하지만 겨울이면 앨버트가 찾아오지 않는 한 하루 종일 사람 구경도 못 하고 쓸쓸하게 마구간에 갇혀 지내야만 했다.

앨버트는 약속대로 나를 보살피고 앨버트 아빠한테서 나를 지키려고 애썼다. 앨버트 아빠는 내가 걱정했던 것과 달리 괴물 같은 모습으로 변하지는 않았다. 늘 나를 본체만체하거나 먼발치에서 쳐다볼 뿐이었다. 때론 나를 친근하게 대하기도 했지만 처음 만났을 때부터 믿을 수가 없었다. 나는 앨버트 아빠가 가까이 오지 못하도록 들판에서도 거리를 두면서 피했고, 늙은 조를 앨버트 아빠와 나 사이에 있게 했다. 하지만 매주 화요일이면 앨버트 아빠는 술에 취해 돌아왔다. 앨버트는 그럴 때마다 이런저런 핑계로 내 곁을 지키면서 아빠가 나한테 접근하지 못하게 했다.

내가 앨버트의 농장으로 온 지 이 년이 지난 어느 가을 저녁, 앨버트가 핸드벨 연주를 하러 마을 교회에 갔다. 앨버트는 화요일 저녁마다 늘 하던 대로 나를 조와 한방에 넣었다.

"둘이 같이 있으면 더 안전할 거야. 아빠도 마구간까지 와서 너희를 괴롭히지는 못할 거야."

앨버트가 말했다.

앨버트는 내 방문에 기댄 채 핸드벨 연주가 얼마나 복잡한지 설명했다. 또 마을 사람들이 앨버트가 힘이 세고 얼마 안 있어 마을에서 체격이 제일 좋은 사람이 될 거라고 생각해서 커다란 테너 벨을 맡겼다는 이야기도 덧붙였다. 앨버트는 자신의 연주 솜씨를 자랑스럽게 생각했다. 조와 나는 어두워진 마구간에서 꼿꼿하게 서 있었다. 어스레한 들판 너머 교회에서 여섯 개의 종소리가 들려오자 마음이 푸근해졌다. 앨버트가 연주 솜씨를 자랑할 만도 했다. 모든 사람이 함께할 수 있다는 게 음악의 매력이다. 연주하지 않는 사람은 듣기만 하면 되었다.

앨버트 아빠가 오는 소리를 듣지 못한 걸로 봐서 깜빡 잠이 들었던 것 같다. 갑자기 내 방문에서 랜턴 불빛이 춤을 추더니 빗장이 열렸다. 처음에는 앨버트인 줄 알았지만 핸드벨 연주는 계속되고 있었다. 목소리를 들어 보니 화요일 저녁 시장에서 돌아온 앨버트 아빠가 틀림없었다. 앨버트 아빠는 랜턴을 문 위에 매달아 놓고 나한테 걸어왔다. 막대기를 들고 비틀거리면서 걷고 있었다.

"네가 그렇게 잘났냐? 사람들이 일주일 안에 쟁기질을 가르치지 못할 거라고 내기를 걸었어. 이스턴 농장과 조지 농장의 농부들이 너를 감당하지 못할 거라고 말했지. 하지만 녀석들한테 본때를 보여 주겠어. 네놈을 너무 오냐오냐 키웠어. 이제 너도 밥벌이를 할 때가 됐어. 난 오늘 저녁 네놈에게 마구를 찾아 씌워 볼 참이다. 그리고 내일부터 쟁기질을 시작하는 거야. 쉽게 할 수도 있고 힘들게 할 수도 있어. 하지만 나를 힘들게 하면 피가 흐를 때까지 채찍질 당할 줄 알아."

앨버트 아빠가 위협적인 목소리로 말했다.

늙은 조는 앨버트 아빠가 어떤 기분인지 잘 알고 있었기 때문에 히힝 하고 울면서 어두운 구석으로 물러섰다. 하지만 나는 조가 경고를 하기 전에 앨버트 아빠가 어떤 의도를 갖고 있는지 알아차렸다. 막대기를 들고 있는 걸 보자 두려운 마음에 심장이 요동쳤다. 나는 겁에 질렸지만 도망갈 곳이 없었다. 그래서 엉덩이를 앨버트 아빠 쪽으로 돌리고 발길질을 했다. 발굽에 뭔가 차이는 게 느껴졌다. 고통에 찬 비명이 들려 돌아보니 앨버트 아빠가 한쪽 다리를 질질 끌며 방문을 기어 나가고 있었다. 앨버트 아빠는 잔혹하게 앙갚음을 하겠다고 중얼거렸다.

다음 날 아침, 앨버트와 앨버트 아빠가 마구간으로 들어섰다. 앨버트 아빠는 눈에 띄게 다리를 절뚝거렸다. 두 사람은 마구를 하나씩 들고 있었다. 앨버트의 핏기 없는 뺨에는 눈물 자국이 나 있었다. 앨버트와 앨버트 아빠는 내 방 문 앞에 서 있었다. 고통으로 얼굴을 찡그리고 있는 아빠보다 앨버트 키가 더 큰 걸 보니 기쁘고 자랑스러웠다.

"간밤에 네 엄마가 빌지 않았으면 그 자리에서 쏴 죽였을 거야. 저놈 때문에 난 죽을 뻔했다. 일주일 안에 화살처럼 똑바로 쟁기질을 하지 못하면 저놈을 팔아 버릴 거야. 자, 약속한 거다. 이제 너한테 달렸어. 저놈을 다룰 수 있다고 했으니 딱 한 번 기회를 주마. 저놈은 내가 자기 근처에 얼씬거리지도 못하게 할 거야. 거칠고 포악한 놈이니까. 아무튼 이번 주 안에 길들이지 못하면 영영 저놈을 못 보게 될 거다. 무슨 말인지 알겠지? 저놈이 근사해 보이건 말건 상관없다. 저놈도 마을 사람들처럼 자기 밥벌이를 해야 해. 일하는 법을 배워야 한다고. 앨버트, 이번 내기에서 지면 내가 저놈을 당장 팔아 버릴 거다."

앨버트 아빠는 마구를 바닥에 떨어뜨리고는 휙 돌아서 갔다.

"아빠, 아빠 말대로 조이를 훈련시켜 제대로 쟁기질을 할 수 있게 할게요. 하지만 아빠도 다시는 조이한테 막대기를 들지 않겠다고 약속해 주세요. 조이는 그렇게 다뤄서는 안 돼요. 그건 제가 알아요. 내 동생처럼 잘 안다고요."

앨버트가 다부진 목소리로 말했다.

"앨버트, 저놈을 길들이고 훈련이나 잘 시켜. 네가 어떻게 하든 상관 안 한다. 알고 싶지도 않고. 나는 다시는 저놈 가까이에 가지 않을 거다. 그전에 총으로 쏴 버릴 테니까."

앨버트의 아빠는 별 기대를 하지 않는다는 표정을 지으며 말했다.

앨버트가 마구간으로 들어왔지만 보통 때처럼 나를 쓰다듬지도 상냥하게 말하지도 않았다. 냉정한 눈빛으로 나를 쳐다보았다.

"정말 멍청했어."

앨버트가 목소리를 깔며 말했다.

"조이, 살아남고 싶으면 너도 알아야 돼. 다시는 사람을 발로 차서는 안 된다는걸. 그게 아빠가 하고 싶은 말이야. 엄마만 아니었으면 아빠가 너를 총으로 쏴 죽였을 거야. 널 구한 건 바로 엄마야. 아빠는 내 말에 귀도 기울이지 않으니까, 앞으로도 그럴 거야. 그러니까 다시는 그러면 안 돼. 알겠지?"

앨버트가 다시 다정한 목소리로 말했다.

"딱 일주일이야. 일주일 안에 쟁기질을 배워야 해. 너처럼 품위 있는 말한테 쟁기질이 어울리지 않는다는 건 알아. 하지만 어쩔 수 없어. 늙은 조하고 내가 너를 훈련시킬 거야. 무척 힘들겠지. 쟁기질에 어울리는 몸이 아니어서 더 힘들 거야. 아직은 많이 부족할 거야. 훈련이 끝날 때쯤에는 나를 좋아하지 않게 될지도 몰라. 하지만 아빠는 자신이 말한 대로 반드시 하고 말 거야. 아빠가 마음만 먹으면 그걸로 끝이라고. 내기에서 지느니 차라리 너를 팔아 치우려고 할 거야. 총으로 쏴 죽일지도 모르고. 틀림없어."

그날 아침, 안개가 자욱하게 깔린 들판을 유일한 친구인 늙은 조와 나란히 걸었다. 조와 내 어깨에는 마구가 헐겁게 묶여 있었다. 롱 클로즈까지 가서 농장 말이 되기 위한 훈련을 시작했다. 조와 내가 힘을 주자 마구에 피부가 쓸리고 발이 부드러운 땅에 쑥쑥 박혀 애를 먹었다. 앨버트는 뒤에서 쉬지 않고 고함을 질렀다. 내가 머뭇거리거나 삐딱하게 가거나 최선을 다하지 않는다고 생각할 때마다 채찍을 휘둘렀다. 앨버트는 완전히 다른 사람이 되어 있었다. 다정한 말투는 온데간데없었고 상냥한 모습도 찾아보기 힘들었다. 앨버트의 목소리는 거칠고 매서워서 거역할 수 없었다. 옆에 있던 조가 마구에 기댄 채 머리를 떨어뜨렸다. 조는 말없이 걸음을 옮기며 쟁기질을 했다. 나는 조와 앨버트와 내 자신을 위해 마구에 체중을 싣고 끌기 시작했다. 일주일 안에 농장 말처럼 쟁기질하는 요령을 배워야만 했다. 무리를 한 탓에 안 아픈 근육이 없었다. 하지만 마구간에서 다리를 쭉 펴고 하룻밤 쉬고 나면 다시 기운이 났고, 다음 날 아침이면 일하러 나갈 모든 준비가 되었다.

하루하루가 지나면서 내 쟁기질 솜씨도 늘어 갔다. 조와 앨버트와 내가 한 몸처럼 움직이기 시작하자 앨버트가 채찍을 휘두르는 횟수도 점점 줄어들었고, 옛날처럼 다시 상냥하게 말했다. 한 주가 모두 끝날 즈음에는 앨버트의 애정을 되찾았다는 확신이 들었다. 어느 날 오후, 롱 클로즈 근처의 두렁길에서 쟁기질을 마친 뒤 앨버트가 쟁기를 풀고 조와 나한테 팔을 걸쳤다.

"이제 됐어. 해냈어. 네가 해냈다고. 긴장을 풀까 봐 말하지 않았는데, 아빠와 이스턴 아저씨가 오늘 오후에

집에서 우리를 지켜봤어."

앨버트가 말했다.

앨버트는 조와 내 귀 뒤를 긁고 코를 문질렀다.

"아빠가 내기에서 이긴 거야. 오늘 우리가 이 밭을 모두 갈면 그날 있었던 일은 용서한다고 아침에 그랬어. 다른 데로 가지 않고 같이 살 수 있어. 네가 해낸 거야. 조이, 너무 자랑스러워 뽀뽀라도 해 주고 싶었지만 아빠하고 이스턴 아저씨가 보고 있어서 그러지 않았어. 아빠는 너를 팔지 않을 거야. 틀림없어. 약속은 지키는 사람이니까. 아빠가 술에 취해 있지 않는 한 확실해."

몇 달이 지난 뒤 앨버트와 나는 그레이트 메도우에서 건초를 베고 잎이 푹신하게 쌓인 좁은 길을 따라 농가의 마당으로 돌아오고 있었다. 그때 앨버트가 처음으로 전쟁에 대해 말했다. 앨버트는 휘파람을 불다가 중간에서 멈추었다.

"엄마가 그러는데 전쟁이 일어날 것 같대. 전쟁이 왜 일어나는지는 나도 모르겠어. 늙은 공작이 어딘가에서 총에 맞았대. 그 일이 다른 사람하고 무슨 관련이 있는지 모르겠지만 엄마 말로는 상관이 있대. 하지만 우리 집은 아무 일 없을 거야. 그냥 보통 때처럼 지내면 돼. 엄마가 나는 열다섯 살밖에 안 되었으니까 어디로 가거나 하지는 않을 거래. 하지만 전쟁이 일어나면 나도 멋진 군인이 되고 싶어. 내가 군복을 입으면 멋질 것 같지 않아? 가끔 난 위풍당당하게 행진하는 꿈을 꾸곤 해. 너도 생각해 봐. 쟁기질하는 것만큼 잘 달린다면 훌륭한 군마가 될 수 있어. 너는 꼭 그렇게 될 거야. 우리는 근사한 한 팀이 될 수 있어. 독일군들이 우리하고 싸우려면 하느님한테 도움을 청해야 할 거야.”

앨버트가 애처로운 목소리로 말했다.

어느 무더운 여름날 저녁, 밭에서 한참 동안 먼지를 뒤집어쓰며 일을 하고 나서 사료와 귀리를 먹고 있었다. 앨버트는 밀짚으로 나를 문지르며 겨울을 나기 충분할 정도로 밀짚이 많다고 말했다. 그리고 밀짚은 지붕을 이는 데 좋은 재료라는 이야기도 했다. 그때 앨버트 아빠가 무거운 걸음으로 마당을 가로질러 우리한테 다가왔다.

“여보! 어서 나와 봐.”

앨버트 아빠가 소리쳤다.

목소리로 봐서는 맑은 정신인 것 같았다. 앨버트 아빠

가 술에 취하지 않았을 때는 두려워할 필요가 없었다.

"전쟁이 났어. 방금 마을에서 들었어. 오후에 우체부가 그러는데 그 악마 같은 놈들이 벨기에로 진격했다더군. 확실하다니까. 어제 열한 시에 우리도 전쟁을 선포했대. 이제 독일과 전쟁을 벌이는 거야. 놈들이 다시 주먹을 휘두르기 전에 한 방 먹여야 해. 언제나처럼 몇 달 안에 끝날 거야. 녀석들이 영국 국민들이 잠자고 있는 걸 보고 죽은 줄 안 거지. 놈들에게 절대 잊지 못할 교훈을 줘야 한다고."

앨버트가 나를 문지르던 밀짚을 바닥에 떨어뜨렸다. 앨버트와 나는 마구간으로 걸어갔다. 현관 계단에 서 있던 앨버트 엄마가 손으로 입을 가렸다.

"세상에. 세상에 맙소사."

앨버트 엄마가 작은 목소리로 말했다.

3장

농장에서 보낸 마지막 여름 동안 앨버트는 내 등에 올라타고 농장을 돌아다니며 양들을 보살피기 시작했다. 앨버트는 내가 눈치채지 못할 정도로 서서히 훈련을 시켰다. 내가 앨버트와 함께 농장을 내달릴 때면 조가 뒤를 쫓아오곤 했다. 나는 때때로 발걸음을 멈추고 늙은 조가 잘 따라오고 있는지 살폈다. 앨버트가 언제 처음으로 내 등에 안장을 얹었는지는 기억나지 않는다. 어쨌든 그해 여름에 전쟁이 선포되었다. 앨버트는 매일 아침 양을 보살필 때나 저녁에 일을 끝낸 뒤에는 나를 데리고 나갔다. 나는 교구의 작은 길과 살랑거리는 오크나무와 덜커덩거리는 대문을 속속들이 알게 되었다. 우리는 첨벙거리며 이노센트 콥스 아래 개울을 지나고, 고함을 질러 대며 퍼니 피스 너머까지 갔다. 앨버트는 나를 타고 가면서 고삐를 붙들거나 갑자기 재갈을 당기지 않았다. 무릎으로 부드럽게 누르고 뒤꿈치를 갖다 대는 걸로 하고 싶은 말을 대신했다. 앨버트와 나는 서로를 너무나 잘 알았기 때문에 무릎이나 뒤꿈치로 신호를 보내지 않아도 되었다. 앨버트가 나에게 말을 하지 않을 때는 줄곧 휘파람이나 노래를 불렀는데, 그럴 때면 마음이 놓이곤 했다.

처음에는 전쟁이 우리 농장에 아무 영향도 주지 않았다. 겨울을 대비해 장만해 두는 밀짚이 많아질수록 조와 나는 매일 아침 일찍 밭에 나가 일을 해야 했다. 천만다행으로 앨버트는 농장의 말들과 관계된 일을 거의 도맡아 하다시피 했다. 앨버트 아빠는 돼지와 수소, 그리고 양 들을 보살폈다. 또 울타리를 고치고 농장 둘레에 도랑을 파는 일도 했다. 앨버트 아빠를 볼 수 있는 건 하루 중 몇 분 정도였다. 일상생활에는 별다른 변화가 없었지만 농장에는 긴장감이 점점 더 팽팽해지고 불길한 느낌이 점점 더 강해졌다. 길고 격렬한 말다툼도 벌어졌다. 앨버트 아빠와 엄마 사이에 말다툼이 벌어질 때도 있었지만 이상하게도 앨버트와 엄마가 더 자주 언성을 높였다.

"아빠를 비난해서는 안 돼. 아빠는 오로지 너를 위해 그렇게 한 거야. 덴턴 경이 십 년 전에 농장을 팔라고 했을 때 아빠는 나중에 네게 농장을 주려고 돈을 빌려 썼어. 바로 그 때문에 괴로워하며 술을 마시는 거야. 그러니까 가끔 아빠가 딴사람이 된다고 해서 네가 아빠한테 그래서는 안 돼. 아빠는 예전처럼 농장 일에만 몰두할 수도 없어. 애들은 아빠 나이에는 신경도 안 쓰지만 아빠도 이제 쉰 살이 넘었어. 또 전쟁도 아빠한테 걱정거리야. 시장에 내다파는 물건 값이 떨어질까 봐 걱정하고 계셔. 속으로는 군인이 되어 프랑스로 가고 싶어 하는 것 같기도 하고. 하지만 군인이 되기에는 아빤 나이가 너무 많아. 앨버트, 아빠를 이해하려고 노력해 봐. 아빠는 그럴 자격이 있어."

어느 날 아침 내 방 문 밖에서 앨버트 엄마가 앨버트에게 말했다.

"그렇지만 엄마는 술 안 마시잖아. 엄마도 아빠만큼이나 걱정이 많잖아. 또 술을 마신다고 해도 아빠처럼 나한테 막 대하지는 않을 거야. 늘 열심히 일하지만 아빠는 쉬지 않고 이것저것 불평만 늘어놓잖아. 또 저녁때 내가 조이를 데리고 나간다고 투덜거리고. 일주일에 딱 한 번 핸드벨 연주하러 가는 것도 못마땅하게 생각해. 이건 아니야."

앨버트가 거세게 항의했다.

"앨버트, 그건 엄마도 알아. 하지만 아빠의 장점을 보려고 노력해 보렴. 아빠는 정말 좋은 사람이야. 너도 좋은 모습을 기억하잖니, 그렇지?"

앨버트 엄마가 앨버트의 손을 잡고 아까보다 부드럽게 말했다.

"응, 엄마. 그럴 때도 있었어."

앨버트가 그녀의 말을 인정했다.

"지금처럼 조이를 괴롭히지 않는다면 그래. 조이랑 나는 밥벌이를 하고 있어. 조이도 나처럼 휴식을 취해야만 한다고."

"물론 그렇지. 하지만 아빠가 조이를 어떻게 생각하는

지 잘 알지? 아빠는 홧김에 조이를 사고 난 뒤부터 후회하고 있단다. 아빠 말처럼 우리 농장에는 말 한 마리면 충분해. 네가 그렇게 챙기는 조이는 그저 돈만 축내고 있어. 그래서 아빠가 걱정이 많은 거야. 농부한테 말은 늘 그런 존재란다. 네 외할아버지도 그랬고. 하지만 네가 아빠한테 다정하게 대하면 아빠도 다시 돌아올 거야. 분명히 그럴 거야."

앨버트 엄마가 앨버트의 팔을 잡고 집으로 걸어가면서 말했다.

하지만 앨버트와 앨버트 아빠 사이에는 부쩍 말수가 줄었다. 그리고 앨버트 엄마가 싸움을 말리고 있었다. 두 사람이 싸우고 나서 몇 주가 지난 어느 수요일 아침이었다. 앨버트 엄마는 바깥마당에서 앨버트와 앨버트 아빠의 싸움을 말렸다. 앨버트 아빠는 전날 저녁, 시장에서 술을 마시고 취해 집으로 돌아왔다. 그러고는 집에 있는 암퇘지와 교미를 시키기 위해 빌려온 새들백 수퇘지를 돌려주는 걸 깜빡했다며, 앨버트한테 수퇘지를 돌려주라고 시켰다. 하지만 앨버트가 싫다고 버티면서 말다툼이 시작되었다. 앨버트 아빠는 할 일이 있다고 말했고, 앨버트도 마구간을 청소해야 한다며 맞섰다.

"수퇘지를 퍼스덴 계곡으로 끌고 가는 데 삼십 분밖에 안 걸릴 거야."

앨버트 엄마가 앨버트 아빠와 앨버트를 말리려고 재빨리 말했다.

"좋아. 이번엔 엄마 때문에 가는 거야. 하지만 오늘 저녁에 조이를 데리고 나간다는 조건이야. 올 겨울 사냥을 나갈 때도 조이를 데려갈 거야. 훈련시켜야 한단 말이야."

앨버트 엄마가 말리면 언제나 앨버트는 순순히 엄마 말을 따랐다. 그녀를 속상하게 하고 싶지 않았기 때문이다.

앨버트 아빠는 입술을 오므린 채 아무 말도 하지 않고 나를 똑바로 쳐다보고 있었다. 앨버트가 몸을 돌리더니 내 코를 가볍게 쓰다듬고는 장작더미에서 막대기를 하나 빼 들었다. 그러고 나서 돼지가 있는 곳으로 내려갔다. 잠시 뒤 앨버트가 얼룩덜룩한 커다란 수퇘지를 데리고 도로로 이어지는 농장 길로 나갔다. 나는 앨버트를 소리쳐 불렀지만 앨버트는 뒤돌아보지 않았다.

이제 앨버트 아빠가 마구간으로 들어오면 틀림없이 늙은 조를 데리고 나갈 것이다. 요즘 앨버트 아빠는 나를 혼자 내버려 두었다. 대신 조에게 안장을 얹고 마당으로 데리고 나간 뒤 집 위쪽의 언덕으로 타고 다니며 양들을 보살폈다. 그날 아침도 마구간으로 들어와 보통 때처럼 조를 데리고 나갔다. 하지만 얼마 뒤 마구간으로 들어와서는 나한테 다정하게 말을 건네며 달콤한 향기가 나는 귀리 한 양동이를 내려놓았다. 나는 긴장의 끈을 바싹 잡아당겼다. 하지만 귀리를 먹고 싶은 마음과 호기심 때문에 상황을 제대로 파악할 수 없었다. 앨버트 아빠는 내가 도망칠 틈도 주지 않고 머리에 고삐를 조였다. 그러나 목소리는 이상하리만치 부드러우면서 다정했다. 앨버트 아빠가 고삐를 조인 뒤 팔을 뻗어 내 목을 쓰다듬었다.

"아무 일 없을 거야. 걱정하지 마. 그 사람들이 잘 돌봐 줄 거야. 그러마 하고 약속했거든. 그리고 나는 돈이 필요해, 조이. 돈이 꼭 필요하다고."

앨버트 아빠가 다정하게 말했다.

4장

앨버트 아빠는 고삐에 긴 밧줄을 묶은 뒤 나를 마구간 밖으로 끌고 갔다. 조가 밖에서 어깨 너머로 바라보고 있었기 때문에 나는 앨버트 아빠를 따라나섰다. 조만 곁에 있다면 누구와 어디를 가든 늘 기뻤다. 앨버트 아빠는 목소리를 낮추어 말하더니 도둑처럼 주위를 두리번거렸다.

내가 조를 따라간다는 걸 알고 있는 게 틀림없었다. 앨버트 아빠는 나를 밧줄로 묶어 조의 안장에 고정한 뒤 조와 나를 마당에서 조용히 끌어냈다. 조와 나는 길을 따라 걸어가다 다리를 건넜다. 앨버트 아빠는 이따금 조의 등에 올라타기도 하면서 언덕을 지나 마을로 향했다. 하지만 조나 나한테 말 한마디 하지 않았다. 나는 앨버트와 자주 다녀서 그 길을 잘 알고 있었다. 나는 다른 말들을 만나고 사람들을 구경할 수 있어서 그곳에 가는 게 좋았다. 얼마 전에는 마을 우체국 앞에서 처음으로 자동차를 봤는데, 차가 덜거덕거리며 옆을 지나가는 바람에 무서워 몸이 움츠러든 적도 있었다. 하지만 나는 침착하게 서 있었고, 앨버트는 그런 나를 칭찬했다. 마을이 가까워지자 잔디밭 주위에 자동차들이 세워져 있고, 내가 본 것 가운데 가장 많은 사람과 말 들이 모여 있었다. 마을로 걸음을 옮기면서 흥분이 되기도 했지만 불안감이 몰려왔다.

카키색 군복을 입은 남자들이 많았다. 앨버트 아빠는 말에서 내린 뒤 조와 나를 끌고 교회를 지나 잔디밭으로 갔다. 그곳에서는 군악대가 활기차게 행진곡을 연주하고 있었다. 큰북 소리가 마을에 메아리치고 어디에나 아이들이 보였다. 어깨에 빗자루를 메고 왔다 갔다 하는 아이들도 있었고, 창문에 기댄 채 깃발을 흔드는 아이들도 있었다.

잔디밭 한가운데에는 영국 국기가 하얀 장대에 매달린 채 햇빛을 받으며 펄럭이고 있었다. 그곳으로 걸어가자 장교 한 명이 사람들을 헤치고 걸어왔다. 그는 승마 바지를 입고 장교 허리띠를 차고 있었는데, 키가 크고 품위 있어 보였다. 옆구리에는 은빛으로 빛나는 칼을 차고 있었다. 장교가 앨버트 아빠와 악수를 했다.

"니컬스 대위님, 제가 꼭 데리고 온다고 했죠? 전 지금 돈이 필요합니다. 돈만 아니면 이렇게 훌륭한 말과 헤어지는 일은 없을 겁니다."

앨버트 아빠가 말했다.

"잘 압니다. 어제 저녁 호텔에서 이야기할 때는 좀 과장된 게 아닐까 생각했습니다. 교구에서 제일 훌륭한 말이라고 하셨죠. 말을 팔려는 농부들은 다 그렇게 말하거든요. 하지만 이 말은 다르군요. 이제 이해가 됩니다."

니컬스 대위가 나를 살펴보면서 고개를 끄덕이며 말했다.

니컬스 대위는 내 목을 부드럽게 쓰다듬고 귀 뒤를 긁

어 주었다. 대위의 손길과 목소리가 다정해서 겁을 내거나 움츠러들지 않았다.

"당신 말이 맞군요. 어떤 연대에서도 훌륭한 군마로 쓸 수 있겠어요. 이 말을 가지고 있다는 게 자랑스러울 겁니다. 제가 직접 이 말을 타도 괜찮을 거예요. 괜찮고 말고요. 겉으로 보이는 것처럼 훌륭하다면 나한테 잘 어울릴 겁니다. 정말 잘생긴 놈입니다."

"니컬스 대위님, 약속하신 대로 사십 파운드를 주실 거죠? 한 푼도 깎아 드릴 수 없습니다. 저도 살아야 하니까요."

앨버트 아빠는 다른 사람이 들으면 안 된다는 듯 목소리를 한껏 낮추어 말했다.

"그래요, 그게 어제 저녁 제가 약속한 금액이죠."

니컬스 대위가 내 입을 열어 이빨을 살펴보면서 말했다.

"젊고 훌륭한 말이야. 목도 튼튼하고 어깨의 경사도 좋고 말굽 뒤의 털도 가지런하고. 이 말이 일을 많이 했습니까? 사냥에 데리고 나간 적도 있나요?"

"제 아들 녀석이 매일 타고 나가는데, 아들놈 말로는 경주 말처럼 달리고 사냥 말처럼 장애물도 뛰어넘는답니다."

앨버트 아빠가 말했다.

"좋아요. 우리 수의사가 이 말의 호흡기와 발이 정상이라고 판정하면 약속한 대로 사십 파운드를 드리지요."

니컬스 대위가 말했다.

"대위님, 그렇게 오래 기다릴 수 없습니다. 빨리 돌아가서 할 일이 있거든요."

앨버트 아빠가 어깨 너머로 한 번 힐끗 쳐다본 뒤 말했다.

"우리도 마을에서 신병을 보충하고 물건을 구입하느라 바쁩니다. 하지만 최대한 빨리 처리해 드리지요. 말보다는 군대에 지원하는 사람이 훨씬 많으니까요. 수의사가 사람까지 검사하지는 않을 테니 여기서 기다리십시오. 이삼 분 안에 돌아오겠습니다."

니컬스 대위가 말했다.

니컬스 대위는 나를 끌고 여인숙 맞은편에 있는 아치 길을 통해 커다란 정원으로 갔다. 그곳에는 하얀 외투를 입은 사람들과 군복을 입은 서기가 탁자에 앉아 뭔가를 적고 있었다. 늙은 조가 나를 부르는 소리가 들리는 듯했다. 나는 소리를 질러 두렵지 않다고 조를 안심시켰다. 주위에서 벌어지는 일들이 흥미진진했다. 대위가 걸어가면서 나한테 다정하게 말을 건넸기 때문에 힘을 내서 열심히 걸었다. 콧수염을 무성하게 기르고 정신없이 돌아다니는 키 작은 수의사가 내 몸 구석구석을 찔러 보았다. 수의사는 내 발을 하나하나 들어 올려 검사하고, 내 눈과 입을 살펴보고, 내가 숨 쉴 때 냄새를 맡았다. 그러고 나서 정원을 빙빙 돌며 걷더니 마침내 내가 완벽한 종이라고 선언했다.

"나무랄 데 없이 건강해서 기마대나 포대에서 쓰면 좋을 겁니다. 비절 후종에 걸린 적도 없고, 다리가 부러져 부목을 댄 흔적도 없습니다. 발도 치아도 모두 훌륭합니다. 이 말을 구입하세요. 훌륭한 말입니다."

나는 앨버트 아빠가 있는 곳으로 돌아갔다. 앨버트 아빠는 니컬스 대위가 건넨 돈을 받은 뒤 재빨리 바지 주머니에 밀어 넣었다.

"대위님이 이놈을 돌봐 주실 거죠? 다치지 않게 잘 보살펴 주십시오. 제 아들 녀석이 이놈을 무척 좋아했습니다."

앨버트 아빠가 말했다.

앨버트 아빠는 손을 뻗어 내 코를 문질렀다. 눈에는 눈물이 그렁그렁했다. 그 순간 앨버트 아빠가 좋은 사람으로 느껴졌다.

"아무 일 없을 거야. 너나 앨버트는 이해하지 못하겠지만 널 팔지 않으면 빌린 돈을 감당할 수 없단다. 그렇게 되면 농장을 날리고 말 거야. 지금까지 네게 심하게 대했어. 너뿐만 아니라 다른 사람들한테도 마찬가지였지. 나도 안단다. 미안해."

앨버트 아빠가 말했다.

앨버트 아빠는 조를 데리고 떠났다. 고개를 푹 숙이고 가는 모습이 갑자기 쪼그라든 사람처럼 보였다.

바로 그 순간 내가 버려졌다는 걸 깨달았다. 나는 울기 시작했다. 가슴이 아프고 앞일이 걱정되어 소리 높여 울었다. 내 울음소리가 마을에 메아리쳤다. 조용하고 순종적인 늙은 조도 발길을 멈추었다. 조는 앨버트 아빠가 아무리 세게 당겨도 꼼짝하지 않았다. 머리를 흔들면서 큰 소리로 작별 인사를 했다. 하지만 조의 울음소리는 점점 작아졌다. 앨버트 아빠한테 질질 끌려가는가 싶더니 마침내 시야에서 사라졌다. 니컬스 대위가 다정한 손길로 나를 위로하려고 했지만 내 마음은 좀처럼 진정되지 않았다.

모든 희망을 포기하려는 순간, 앨버트가 사람들을 헤치고 달려오는 것이 보였다. 앨버트는 뛰어오느라 얼굴이 상기되어 있었다. 군악대의 연주가 멈추고 사람들의 눈길이 달려오는 앨버트한테 향했다. 앨버트가 내 목을 감싸 안았다.

"우리 아빠가 이 말을 팔았죠, 그렇죠? 조이는 제 말이에요. 앞으로도 죽 그럴 거예요. 누가 사더라도 제 말이에요. 조이를 팔지 못하게 할 수는 없겠지만 조이가 장교님과 함께 간다면 저도 같이 가겠어요. 군대에 들어가 조이와 함께 있을 거라고요."

앨버트가 나를 붙들고 있는 니컬스 대위를 올려다보며 나지막하게 말했다.

"군인으로서 올바른 정신을 가졌구나. 하지만 군인이 되기에는 아직 어려. 그건 자네도 알 거야. 군인이 되려면 최소한 열일곱 살은 되어야 하니까. 일이 년이 지난 뒤 다시 찾아오렴."

대위는 챙이 있는 모자를 벗은 뒤 손등으로 이마를 훔치며 말했다. 검은 곱슬머리의 대위는 다정하고 솔직한 표정을 짓고 있었다.

"저는 열일곱 살로 보여요. 열일곱 살짜리 아이들보다 더 크다고요."

앨버트가 애원하다시피 말했다.

앨버트는 그렇게 이야기하면서도 군인이 될 수 없다는 걸 알고 있었다.

"저를 받아 줄 수 없다는 건가요? 마부로 쓰면 되잖아요? 무엇이든 다 할게요. 무슨 일이든."

"이름이 뭔가?"

니컬스 대위가 물었다.

"내러콧이에요. 앨버트 내러콧."

"내러콧 군, 미안하지만 자네를 도와줄 수 없네."

니컬스 대위는 고개를 흔든 뒤 모자를 다시 썼다.

"미안하네. 규정은 규정이야. 하지만 조이 걱정은 말게. 자네가 입대할 때까지 잘 보살피고 있을 테니까. 지금까지 잘 키웠어. 조이가 자랑스러울 거야. 정말 좋은 말이야. 하지만 자네 아빠는 농장 때문에 돈이 필요해. 돈이 없으면 농장을 운영할 수 없으니까. 그건 자네도 알아야 해. 그 정신은 마음에 드는군. 나이가 차면 기마 의용병으로 입대하게. 우리도 자네 같은 사람이 필요하니까. 걱정스럽기는 하지만 전쟁은 사람들이 생각하는 것보다 훨씬 길어질 거야. 내 이름을 기억해 두게. 나는 니컬스 대위야. 자네하고 함께한다면 무척 자랑스러울 거야."

"도저히 방법이 없는 거예요? 제가 할 수 있는 게 없어요?"

앨버트가 물었다.

"아무것도 없어. 이제 조이는 군대에 속하게 될 거고, 자네는 너무 어려 군인이 될 수 없어. 걱정 말게. 조이는 우리가 보살펴 줄 거야. 내가 개인적으로 보살피겠네. 약속하지."

앨버트는 예전에 자주 그랬던 것처럼 내 코를 잡아 흔들고 내 귀를 쓰다듬었다. 앨버트는 웃으려고 했지만 헛수고였다.

"이 바보야, 너를 다시 찾을 거야. 네가 어디에 있든 찾아낼 거야. 제가 조이를 다시 만날 때까지 잘 보살펴 주세요. 조이 같은 말은 이 세상에 없어요. 장교님도 알게 될 거예요. 잘 보살펴 준다고 약속하실 수 있죠?”

앨버트가 조용히 말했다.

“약속하네. 최선을 다하지.”

니컬스 대위가 말했다.

앨버트는 발길을 돌려 사람들 속으로 사라졌다.

5장

나는 불과 몇 주 전만 해도 농장에서 일하던 말이었지만 기병대의 말로 탈바꿈해야만 했다. 하지만 군마로 바뀐다는 게 쉽지 않았다. 승마 학교의 엄격한 훈련과 뜨거운 벌판에서 몇 시간이고 펼쳐지는 기동 훈련이 무척 원망스러웠다. 앨버트와 집으로 돌아오는 길에 시골길과 들판을 오랫동안 달릴 때도 무더위나 날벌레 따위는 아무것도 아니었다. 그때는 조와 나란히 걸으며 쟁기질과 써레질을 하느라 몸이 욱신거렸지만 기분은 좋았다. 서로에 대한 신뢰와 애정으로 똘똘 뭉쳤기 때문이다. 하지만 지금은 지루하게 몇 시간이고 학교를 빙빙 돌고 있었다. 그곳은 내게 익숙한 부드러운 자갈길이 아니라 걷기 힘든 웨이머스 지방의 길이었다. 걸을 때마다 고삐가 입가를 잡아당기는 바람에 무척 화가 났다.

하지만 무엇보다 마음에 들지 않는 것은 바로 기수였다. 사무엘 퍼킨스 하사는 키가 작고 엄하며 단호한 남자였다. 군에 입대하기 전에는 경마 기수였는데, 말들에게 권력을 휘두르는 게 삶의 유일한 기쁨인 것 같았다. 기마병과 말 들은 한결같이 퍼킨스 하사를 두려워했다. 장교들까지도 퍼킨스 하사한테 함부로 대하지 못했다. 퍼킨스 하사는 부대에서 말에 대해 가장 많이 알고 있었고, 경마 기수의 경험까지 있었기 때문이다. 말도 거칠고 험악하게 탔는데, 퍼킨스 하사에게 채찍과 박차는 그냥 보이기 위해 갖고 다니는 게 아니었다.

퍼킨스 하사가 나를 때리거나 화를 낸 적은 없었다. 훈련시킬 때도 나를 정말 좋아한다고 생각했고, 어느 정도 퍼킨스 하사한테 존경심을 갖기도 했다. 물론 이러한 마음의 바탕에는 애정이 아니라 두려움이 자리 잡고 있었다. 나는 화가 나기도 하고 비참한 생각이 들어서 몇 번이나 퍼킨스 하사를 땅바닥에 떨어뜨리려고 했지만 헛수고였다. 퍼킨스 하사의 무릎은 쇠처럼 단단했고, 내가 어떤 행동을 하려고 하는지 본능적으로 알아차리는 것 같았다.

훈련 초기에 내 유일한 위안은 니컬스 대위가 매일 저녁 마구간을 찾아오는 것이었다. 니컬스 대위는 예전에 앨버트가 그랬던 것처럼 내게 찾아와 말을 걸곤 했다. 또 내 방 한구석에 양동이를 엎어 놓고 앉아 무릎에 스케치북을 올려놓고는 내게 말을 건네며 그림을 그렸다.

"이제 너를 스케치한 게 몇 장 돼. 이 스케치만 끝내면 색칠을 할 거야. 스터브스의 그림하고는 다를 거야. 스터브스한테는 너처럼 멋진 모델이 없었으니까 이게 훨씬 멋질 거야. 완성된 그림은 프랑스로 가져가지 않을 거야. 부질없으니까. 대신 네 친구인 앨버트한테 보낼 거야. 그러면 내가 너를 돌보겠다고 한 약속을 잘 지킨다는 걸 알게 될 거야."

어느 날 저녁, 니컬스 대위가 말했다.

니컬스 대위는 그림을 그리면서 나를 위아래로 계속

훑어보았다. 나는 니컬스 대위한테 제발 직접 나를 훈련
시켜 달라고 말하고 싶었다. 퍼킨스 하사가 혹독하게 훈
련을 시키는 바람에 옆구리와 다리를 다쳤다는 걸 알려
주고 싶었다.

"조이, 솔직히 말해서 나는 앨버트가 군에 입대할 나
이가 되기 전에 이 전쟁이 끝나길 바란다. 전쟁은 점점
더 위험해질 게 뻔하니까. 부대원들은 어떻게 독일군을
공격할 것인지, 어떻게 크리스마스 전에 영국 기병대가
독일군을 박살 내 베를린으로 돌려보낼 수 있을 것인지
에 대해 이야기하고 있어. 하지만 제이미와 나는 부대원
들과 생각이 달라. 확신을 못 하겠어. 솔직히 확신을 못
하겠다고. 부대원들 가운데 기관총이나 대포 소리를 들
어 본 병사는 없을 거야. 조이, 기관총 한 자루만 있어도
세상에서 가장 뛰어난 독일 기병대나 영국 기병대가 전
멸을 당할 수 있어. 발라클라바 전투에서 경기병 여단이
러시아군의 대포를 공격할 때 무슨 일이 벌어졌는지 보
면 알 수 있어. 부대원들 가운데 그 일을 기억하는 사람
은 없는 것 같지만. 프랑스도 보불 전쟁을 통해 많은 교
훈을 얻었어. 하지만 부대원들한테 이런 말을 해서는 안

돼. 독일군에게 질 수 있다는 말을 하면 부대원들이 패배주의자라고 놀려댈 거야. 부대원들 가운데 독일 기병대만 이기면 전쟁에서 이길 수 있다고 생각하는 놈들도 있는 것 같아."

니컬스 대위가 몸을 일으켰다. 대위는 스케치북을 겨드랑이에 끼고, 나한테 걸어와 귀 뒤를 간질였다.

"너도 앨버트를 좋아하지, 그렇지? 그 모든 고통을 견디면서 마음속으로는 앨버트와 지내던 과거의 추억을 떠올릴 거야. 생각해 보니까 너하고 나는 공통점이 많아. 우선 우리는 이곳에 있는 걸 좋아하지 않아. 차라리 다른 곳에 있었으면 좋겠다고 생각하고 있지. 둘째로 우리는 둘 다 전쟁을 해 본 적이 없어. 성난 총소리를 들어 본 적도 없고. 때가 되었을 때 견뎌 낼 수 있었으면 좋겠어. 그게 가장 큰 걱정거리야. 이건 너한테만 하는 얘긴데 제이미한테도 하지 않았는데, 나는 몹시 두려워. 그러니 우리 둘을 위해 너도 용기를 내는 게 좋을 거야."

문이 쾅 하고 닫히는 소리가 마당을 가로질렀다. 또박또박 자갈길을 걸어오는 귀에 익은 구두 소리가 들렸다. 퍼킨스 하사가 저녁 순찰을 돌며 길게 줄지어 선 마구간의 방들을 살펴보더니 마침내 내 방 앞에 멈추어 섰다.

"대위님, 좋은 저녁입니다. 또 스케치하시는 겁니까?"

퍼킨스 하사가 재빨리 경례를 하며 물었다.

"그냥 녀석을 제대로 평가하려고 최선을 다해 보는 거지. 난 이 녀석이 기병대 전체에서 가장 뛰어난 말이라고 생각하네. 이렇게 멋진 말은 본 적이 없거든. 자네 생각은 어떤가?"

니컬스 대위가 물었다.

"대위님 말씀대로 녀석은 특별합니다. 하지만 저 녀석이 가장 뛰어나 보이지는 않습니다. 말한테도 사람의 눈길을 사로잡는 것 이상의 무엇이 있는 법이니까요. 안 그렇습니까, 대위님?"

퍼킨스 하사가 말했다. 하사의 목소리에는 간간함이 묻어났다. 내가 두려워하는 말투였다.

"하사 좋을 대로 생각하게나. 하지만 조심해서 이야기하게. 자네가 말하고 있는 그 말이 바로 내 말이니까. 그러니 신경 좀 써 주게."

니컬스 대위가 약간 쌀쌀하게 말했다.

"저 녀석도 나름대로 자기 의견을 갖고 있다는 생각이

듭니다. 예, 그렇다고 해 두죠. 녀석은 기동 작전을 너끈히 치러 낼 수 있습니다. 끈기가 있으니까요. 뛰어난 놈 가운데 하나죠. 하지만 승마 학교 안에서는 말썽꾸러기입니다. 심한 말썽꾸러기예요. 교육을 제대로 받은 적이 없으니까요. 그건 대위님도 아실 겁니다. 녀석은 농장에서 일하고 훈련을 받은 말이죠. 녀석이 기병대 말로 바뀌려면 규율을 받아들이는 법을 배워야 합니다. 본능적으로 복종하는 법을 배워야 하죠. 대위님도 총알이 날아다니기 시작하는데 부하가 명령을 안 듣고 자기 마음대로 행동하는 걸 원하지 않으시겠죠?"

"하사, 조이가 학교 안에서는 말썽꾸러기일지 몰라도 실제 전투에서는 다를 거야. 자네한테 조이를 훈련하도록 시킨 건 자네가 이 일에 적임자라고 생각했기 때문이네. 기병대에서 자네보다 더 나은 사람은 없을 걸세. 하지만 조이한테 조금만 더 너그럽게 대해 주었으면 좋겠네. 조이가 어디서 왔는지 기억하고 있을 거야. 조이는 자발적으로 행동하는 놈일세. 부드럽게 하면 된다는 거지. 부드럽게. 녀석을 불쾌하게 하고 싶지 않네. 조이는 나를 태우고 전쟁을 치를 놈이야. 운이 좋다면 무사히 전쟁을 끝낼 수도 있을 거야. 하사, 자네도 알다시피 조이는 나한테 특별한 놈일세. 그러니까 자네 말처럼 잘 돌봐 주게. 일주일 뒤에 우리는 프랑스로 떠날 걸세. 내가 시간이 되면 조이를 직접 훈련시키고 싶지만 나는 지금 기병들을 말을 타고 다니는 보병으로 바꾸느라 무척 바쁘네. 말이 자네를 태워 줄 수는 있지만 자네 대신 싸움을 할 수는 없지 않나. 아직도 칼 한 자루만 있으면 전쟁터를 빠져나올 수 있다고 생각하는 병사들도 있네. 집으로 돌아가는 내내 칼만 번쩍거려도 독일군들이 소스라칠 거라고 진짜로 믿는 병사들도 있지. 병사들은 현실을 똑바로 보는 법을 배워야만 할 거야. 우리가 이번 전쟁에서 이기려면 똑바로 바라보는 법을 알아야만 해."

"예, 알겠습니다."

하사의 목소리에는 새로운 존경심이 담겨 있었다. 퍼킨스 하사는 지금까지 내가 본 것 중 가장 온순하고 친절하게 말했다.

"또 한 가지. 조이한테 사료를 주면 좋겠어. 건강 상태가 약간 안 좋아 보이는군. 기운이 좀 떨어진 것 같기도 하고. 이틀이나 사흘 뒤에 열리는 최종 기동 훈련에서 내가 직접 조이를 탈 거야. 그때 조이가 튼튼하고 빛나는 모습이었으면 좋겠어. 기병대에서 가장 멋진 모습이길 바라네."

니컬스 대위가 방문 쪽으로 걸어가며 말했다.

군사 훈련의 마지막 주가 되어서야 내가 맡은 역할에 익숙해지기 시작했다. 그날 저녁 이후로 퍼킨스 하사는 나한테 거칠게 대하지 않았다. 박차도 덜 사용했고 고삐도 늦추었다. 승마 학교에서의 훈련은 줄고 주둔지 밖 사방이 탁 트인 벌판에서 대형 훈련을 하는 것에 더 많은 시간을 들였다. 나는 이제 작은 재갈을 가지고 했던 것처럼 손쉽게 큰 재갈을 이빨 사이에 물고 장난을 치기 시작했다. 좋은 음식을 먹고, 털을 고르고, 몸을 부드럽게 문질러 주는 것도 즐기기 시작했다. 끝없는 배려와 관심이 나한테 쏟아졌다. 날이 갈수록 농장과 늙은 조와 지난 시절을 덜 생각하게 되었다. 하지만 나를 군마로 완전히 바꾸는 승마 학교의 바쁘고 엄격한 일과에도 불구하고 앨버트의 얼굴과 목소리는 내 마음에 또렷하게 남아 있었다.

전쟁터로 나가기 전 마지막 기동 훈련에 참가하기 위

해 니컬스 대위가 나를 데리러 왔을 때 나는 이미 체념한 채 새로운 생활에 만족하고 있었다. 연대 전체가 행군 대형을 갖추고 솔즈베리 평원으로 진군하기 시작하자 니컬스 대위가 내 등에 올라탔다. 명령을 기다리며 태양 아래서 몇 시간이고 서 있었다. 때문에 그날의 더위와 날벌레들을 잊을 수 없다. 저녁 햇살이 대지를 물들이며 지평선 아래로 자취를 감추자 연대 병사들이 사다리꼴 대형으로 공격 대형을 갖추었다. 마지막 기동 훈련이 절정을 이루었다.

칼을 뽑아 들라는 명령이 떨어지자 우리는 앞으로 걸음을 옮겼다. 진격 신호를 기다리며 긴장이 고조되었다. 긴장감이 말과 기수, 말과 말, 기병과 기병 사이를 훑고 지나갔다. 내 안에 있으리라고는 상상하기 힘든 흥분이 파도처럼 밀려들었다. 니컬스 대위가 기병 중대를 이끌고 있었다. 그 옆에서는 니컬스 대위의 친구인 제이미 스튜어트 대위가 내가 한 번도 본 적이 없는 말을 타고 있었다. 키가 크고 눈부시게 빛나는 검은색 종마였다. 앞으로 걸어 나가면서 그 말을 흘긋 쳐다보다가 눈이 마주쳤다. 그 말도 내가 쳐다보고 있다는 걸 알아차린 것 같았다. 빠른 걸음으로 걷다가 다시 천천히 달리기 시작했다. 갑자기 바람 소리가 들렸다. 니컬스 대위가 칼을 뽑아 내 오른쪽 귀 너머를 가리켰다. 니컬스 대위는 앞으로 몸을 기울이고 전속력으로 달리도록 재촉했다. 우레 같은 소리와 먼지와 함께 병사들의 고함 소리가 귓가에서 맴돌았다. 나는 그때까지 한 번도 경험해 본 적이 없는 흥분 때문에 한껏 가슴이 부풀어 올랐다. 나는 바닥을 박차고 달려 나가 모든 말들을 앞질렀다. 나와 어깨를 나란히 하고 달리는 말은 오직 눈부시게 빛나던 검은색 종마뿐이었다. 니컬스 대위와 스튜어트 대위는 한 마디도 하지 않았지만 나는 검은 말한테 절대 뒤처져서는 안 된다는 생각이 들었다. 흘긋 옆을 보니 그 말도 같은 생각을 하고 있는 것 같았다. 검은 말의 눈에는 확고한 결심 같은 것이 깃들어 있었고, 집중을 하느라 이마에는 주름이 잡혀 있었다. 가상의 적군 진영을 지나쳐 달리자 니컬스 대위와 스튜어트 대위가 우리를 멈추어 세웠다. 마침내 나는 그 말과 코를 맞대고 섰다. 니컬스 대위와 스튜어트 대위는 전력을 다해 달린 탓에 숨을 몰아쉬고 있었고, 검은색 종마와 나도 헐떡거리고 있었다.

"제이미, 봤지? 내가 말한 대로지? 바로 그 말이야. 데 번 골짜기에서 찾아낸 놈이지. 더 멀리 달렸다면 탑손도 버둥거렸을 거야. 아니라고 할 수 없을걸."

니컬스 대위가 자랑스러운 목소리로 말했다.

탑손과 나는 처음에 경계하는 눈빛으로 서로를 바라보았다. 탑손은 나보다 키가 이 인치 정도 더 크고, 털에서 윤기가 자르르 흐르는 커다란 말이었다. 탑손이 위엄 있는 모습으로 머리를 쳐들었다. 탑손은 내가 만난 말 가운데 힘으로 나와 상대할 만한 첫 번째 말이었다. 하지만 눈에 애정이 듬뿍 담겨 있어 겁을 먹지는 않았다.

"탑손은 이 연대에서 가장 뛰어난 말이야. 하지만 조이가 더 빠를지도 모르지. 내가 본 우유 배달 말 가운데 가장 뛰어난 말이라고 인정하지. 하지만 끈기로는 탑손을 따라올 수 없을 거야. 끝까지 한번 달려 볼 걸 그랬어. 탑손은 팔 마력의 힘을 내는 말이라고. 정말이야."

스튜어트 대위가 말했다.

그날 저녁 막사로 돌아오는 길에 니컬스 대위와 스튜어트 대위는 각자 자신의 말을 자랑했다. 하지만 탑손과 나는 어깨를 맞대고 머리를 축 늘어뜨린 채 터벅터벅 걷고 있었다. 오랫동안 밖에서 뜨거운 햇볕을 쬐고 전속력으로 달린 탓에 힘이 빠져 버렸기 때문이다. 그날 저녁, 탑손은 내 옆방으로 들어갔다. 그리고 다음 날 탑손과 나는 전쟁이 한창인 프랑스로 가는 배에 나란히 타고 있었다.

6장

　배에는 우리뿐이었고, 기대와 활력이 넘쳐 나고 있었다. 병사들은 대규모로 소풍이라도 떠나는 듯 한껏 들떠 있었다. 세상일을 걱정하는 사람은 한 명도 없는 것 같았다. 병사들은 마구간에서 우리를 돌보면서 내가 한 번도 들어 보지 못한 농담을 하고 웃음을 터뜨렸다. 그들의 느긋한 모습을 닮을 필요가 있었다. 폭풍우를 헤치며 항해하고 있었기 때문에 배가 요동칠 때마다 말들은 대부분 긴장을 하거나 걱정에 사로잡혔다. 발밑이 솟구쳤다가 곤두박질치는 일이 없는 육지를 찾아 도망치겠다고 죽기 살기로 마구간을 걷어차는 말들도 있었다. 하지만 병사들은 옆에서 우리 마음을 편안하게 해 주려 노력했다.

나에게 위안을 준 건 폭풍우가 가장 심한 날 마구간에 와서 내 머리를 붙들고 있던 퍼킨스 하사가 아니었다. 퍼킨스 하사는 나를 쓰다듬으면서도 우악스러웠고 진심이 아닌 것 같았다. 나한테 위안이 된 건 늘 침묵을 지키고 있는 탑손이었다. 배가 가라앉을지 모른다는 불안감과 말들이 지르는 비명 때문에 마음을 못 잡고 있을 때도 탑손은 방 너머로 커다란 머리를 내밀어 자기 목에 기대게 해 주었다.

배가 부두에 닿자 분위기가 바뀌었다. 말들은 단단한 육지를 밟을 수 있게 되자 평정을 되찾았다. 하지만 영국으로 돌아가는 배에 타려고 길게 늘어서 있는 부상병들을 보자 병사들은 말이 없어지고 침울해졌다. 부두를 따라 내 옆에서 걸어가던 니컬스 대위도 바다 쪽으로 눈길을 돌리며 애써 눈물을 감추었다. 어디를 가나 부상병들 천지였다. 부상병들은 들것에 실려 있거나 목발을 짚고 있거나 구급차를 타고 있었다. 고통에 시달리는 부상병들의 모습은 병사들의 눈길을 사로잡았다. 병사들은 애써 태연한 척했다. 하지만 농담을 하거나 빈정거리던 병사들도 표정이 어두워졌다. 상사의 불호령이나 적군의 사격에도 아랑곳하지 않던 병사들이 부상병들의 끔찍한 모습을 보고는 잠잠해졌다. 그곳에서 자신들이 겪게 될 전쟁의 참상을 처음으로 목격한 데다가, 전쟁이 그런 모습일 거라고 미리 마음의 다짐을 한 병사는 없었기 때문이다.

병사들은 사방이 탁 트인 평지에 도착하자 의기소침한 분위기를 벗어던지고 다시 즐거운 기분에 젖어 들었다. 안장에 걸터앉아 노래도 부르고 웃기도 했다. 하루 꼬박하고도 다음 날까지 먼지를 뒤집어쓰고 행군도 했다. 우리는 한 시간에 오 분씩 휴식을 취했고 땅거미가 내려 개울이나 강 옆 마을 가까이에서 야영을 할 때까지 계속 걸었다. 병사들은 행군하는 내내 우리를 신경 써서 보살폈고, 우리가 쉴 수 있게 안장에서 내려 옆에서 걸어가곤 했다. 우리가 개울가에서 휴식을 취할 때마다 병사들이 양동이 가득 시원한 물을 길어다 주면 우리는 가장 기분이 좋았다. 탑손은 물을 마시기 전에 양동이에 머리를 집어넣고 흔들었는데, 그 옆에 있는 내 얼굴과 목에 시원한 물을 뿌려 주려는 행동이었다.

말들은 영국에서 기동 훈련을 할 때처럼 야외에 밧줄로 묶여 있었다. 우리는 그렇게 지내는 데 익숙해져 있었다. 하지만 저녁이 되면 축축한 가을 안개가 내려 기온이 내려가고 찬 기운이 스며들었다. 우리는 아침저녁으로 배불리 꼴을 먹었고, 꼴 자루에 옥수수를 충분히 배급받았다. 틈날 때마다 풀도 뜯어먹었다. 우리도 병사들처럼 자연에서 먹을 걸 얻는 법을 배워야만 했다.

행군을 하면 할수록 대포 소리가 점점 더 크게 들렸다. 한밤중에도 지평선 한쪽 끝에서 맞은편 끝까지 주황색 섬광이 밝게 빛났다. 막사로 돌아가기 전에 소총 소리가 들렸지만 나는 조금도 놀라지 않았다. 하지만 대포 소리가 점점 커지자 등이 오싹해지고 잠이 들어도 악몽이 꼬리를 물었다. 대포 소리에 놀라 잠에서 깨면 탑손이 옆에서 용기를 북돋아 주었다. 첫 출전은 천천히 진행되고 있었지만 탑손이 없었다면 나는 대포 소리에 적응할 수 없었을 것이다. 최전선에 가까워질수록 체력과 정신력은

약해지고 대포 소리가 점점 더 격렬해졌다.

니컬스 대위와 스튜어트 대위는 좀처럼 떨어지지 않았기 때문에 행군을 하는 내내 나는 탑손과 나란히 걸었다. 두 사람은 동료 장교들과 가까이 지내지 않는 것 같았다. 나는 니컬스 대위를 알아 갈수록 그가 좋아졌다. 니컬스 대위는 앨버트처럼 고삐를 부드럽게 당기면서 무릎으로 꽉 매달렸다. 그래서 몸집이 커도 무겁게 느껴지지 않았다. 그리고 말을 탄 뒤에는 늘 마음에서 우러나오는 고마움을 표했다. 이런 모습은 경마 학교에서 나를 거칠게 다루던 퍼킨스 하사와 대조적이었다. 나는 때로 퍼킨스 하사를 보곤 했는데, 그가 타고 있는 말이 불쌍했다.

니컬스 대위는 앨버트처럼 노래나 휘파람을 불지는 않았지만 단둘이 있을 때면 이야기를 들려주었다. 적군이 어디 있는지 아는 병사는 없는 것 같았다. 독일군이 전진하고 영국군이 후퇴하고 있다는 건 확실했다. 우리는 독일군이 먼저 공격하지는 않을 거라고 굳게 믿었다. 또한 독일군이 우리와 바다 사이에 자리 잡고 측면을 돌아 뒤쪽으로 공격하지 않기를 바랐다. 영국군이 먼저 독일군을 찾아내야 했지만 독일군은 좀처럼 눈에 띄지 않았다. 영국군은 며칠 동안 시골 마을을 뒤진 끝에 독일군을 찾아냈다.

첫 번째 전투가 벌어지던 날을 나는 잊을 수 없다.

독일군을 발견했다는 소식은 행군을 하고 있던 보병대대 사병들에게 파문을 일으켰다. 독일군은 일 마일 정도 떨어져 있는 굵은 참나무 뒤에 숨어 있었다. 마침내 명령이 떨어졌다.

"앞으로! 대대 종대! 칼을 뽑아라!"

병사들이 칼집에서 칼을 뽑아 들었다. 공중에서 칼이 번쩍이더니 기병들의 어깨에 칼날이 놓였다.

"대대, 우로 어깨!"

우리는 명령이 내려지자 나란히 줄을 맞추어 숲으로 걸어갔다. 니컬스 대위가 무릎을 꽉 조이고 고삐를 늦추었다. 니컬스 대위의 몸이 팽팽하게 긴장되자 나는 처음으로 그의 몸이 무겁게 느껴졌다.

"조이, 침착해. 침착해. 흥분하면 안 돼. 금방 끝날 거야. 걱정하지 마."

니컬스 대위가 부드러운 목소리로 말했다.

나는 고개를 돌려 탑손을 바라보았다. 탑손은 이미 발 끝을 세우고 빨리 걸을 준비를 하고 있었다. 나는 본능적으로 탑손에게 다가갔고, 명령이 떨어지자마자 숲의 그늘에서 빠져나와 햇빛이 부서지는 전쟁터로 돌진했다.

가죽이 부드럽게 삐걱거리는 소리와 마구에서 딸랑거리는 소리와 다급하게 명령을 내리는 고함 소리가, 골짜기의 적군을 향해 전속력으로 돌진하는 거친 말발굽 소리와 함께 기병들의 고함 소리에 묻혔다. 나는 곁눈질로 니컬스 대위의 육중한 칼이 반짝이는 걸 지켜보았다. 니컬스 대위가 내 옆구리에 박차를 가하는 것이 느껴졌고, 그의 함성도 들렸다. 앞쪽에 있던 독일군들이 소총을 드는 게 보였고, 그들의 기관총도 불을 뿜었다. 그 순간 나는 갑자기 내 등에 아무도 타고 있지 않다는 걸 알아차렸다. 등에서 아무 무게도 느껴지지 않았다. 나는 기병대 맨 앞에 혼자 서 있었다. 탑손도 내 곁에 없었다. 뒤에서는 말들이 달려오고 있었기 때문에 내가 전속력으로 달릴 수 있는 곳은 앞쪽뿐이었다. 이유 없는 두려움에 나는 달리고 또 달렸다. 공중에 휘날리던 등자가 몸을 때리는 바람에 몹시 흥분했다. 내가 기수도 없이 무릎을 구부린 채 소총을 쏘고 있는 독일군을 향해 덤벼들자 독일군들이 뿔뿔이 흩어졌다.

나는 주위에 아무도 없고, 전투의 소란에서 벗어났다는 걸 알아차릴 때까지 계속 달렸다. 탑손이 내 곁에 오지 않았다면 절대 멈추지 않았을 것이다. 스튜어트 대위가 내 고삐를 잡고 다시 전쟁터로 데려갔다.

나는 우리가 이겼다고 말하는 것을 들었다. 하지만 어디를 가든지 말들이 죽어 있거나 죽어 가고 있었다. 단 한 번의 전투로 기병대의 사분의 일을 잃었다. 모든 게 너무 빠르고 엄청났다. 회색 군복을 입은 포로들이 체포되어 나무 밑에 모여 있었다. 영국군은 부대를 재편성하고 뜻밖에 승리의 기쁨을 나누고 있었다. 승리는 계획에 따라 얻었다기보다는 우연히 얻게 된 것이었다.

나는 니컬스 대위를 다시 만날 수 없었다. 니컬스 대위는 다정하고 친절한 사람이었고 약속한 대로 나를 보살펴 주었기 때문에 그를 잃은 건 나에게 너무나도 큰 슬픔이었다. 니컬스 대위만큼 좋은 사람을 만나기 힘들 것 같았다.

"니컬스 대위가 너를 자랑스러워했을 거야. 적진을 향

해 뛰어드는 모습을 보고 자랑스러워했을 거라고. 니컬스 대위는 공격을 지휘하다 죽음을 맞이했지만 네가 주인을 대신해 공격을 마무리했어. 니컬스 대위가 너를 자랑스러워했을 거야."

스튜어트 대위가 나를 탑손과 함께 말들이 줄지어 서 있는 곳으로 데려가며 말했다.

그날 밤 숲의 가장자리에서 야영을 할 때 탑손이 내 옆에 있었다. 탑손과 나는 달빛에 물든 골짜기를 내려다보았다. 나는 집이 그리웠다. 이따금씩 들리는 보초의 기침 소리와 발 구르는 소리만이 밤의 정적을 깨뜨릴 뿐이었다. 대포도 마침내 침묵했다. 탑손이 내 옆에 주저앉자 탑손과 나는 잠이 들었다.

7장

다음 날 아침 기상나팔이 울리고 우리는 꼴 자루에 들어 있던 마지막 귀리를 뒤적거리고 있었다. 바로 그때 스튜어트 대위가 우리 쪽으로 성큼성큼 걸어왔다. 스튜어트 대위 뒤에서는 커다란 외투를 걸치고 창이 있는 모자를 쓴 낯선 어린 기병이 쫓아왔다. 모자 아래 드러난 분홍색 얼굴을 보는 순간 앨버트가 떠올랐다. 어린 기병이 머뭇거리면서 마지못해 발걸음을 옮기는 걸로 봐서 나한테 겁을 먹고 있는 것 같았다.

스튜어트 대위는 아침에 일어나서 늘 하던 대로 맨 먼저 탑손의 귀와 부드러운 주둥이를 쓰다듬었다. 그러고 나서 내 목을 가볍게 두들겼다.

"자, 워런 기병. 다 왔네. 이리 가까이 와 보게. 괜찮아. 이놈이 조이일세. 조이의 주인은 내 절친한 친구였지. 이제 자네가 이놈을 보살피는 거야. 알겠나?"

스튜어트 대위의 말투는 엄격했지만 그렇다고 냉정한 것은 아니었다.

"그리고 기병, 이 두 놈은 떨어지지 않을 거니까 나도 자네한테 한시도 눈을 떼지 않을 거야. 우리 기병대에서 가장 뛰어난 말들이지. 이놈들도 알고 있을 거야."

스튜어트 대위는 나한테 다가와 얼굴로 내려온 갈기를 쓸어 올렸다.

"조이, 네가 좀 잘 봐줘. 저 기병은 아직 어린 데다 전쟁을 치르며 제대로 말을 타 본 적도 없어."

스튜어트 대위가 속삭였다.

그날 아침에 기병대가 숲에서 빠져나와 움직이기 시작할 때 나는 니컬스 대위가 살아 있을 때처럼 탑손과 나란히 걸을 수 없다는 것을 깨달았다. 이제 나는 길게 줄을 맞추어 장교들의 뒤를 따라가는 기병 중대의 일원에 불과했다. 하지만 꼴을 먹거나 물을 마시기 위해 멈추어 설 때면 워런 기병이 탑손이 있는 곳으로 나를 데려가 둘이 함께 있게 해 주었다.

나는 워런이 내 등에 올라타는 순간 뛰어난 기수가 아니라는 걸 알아차렸다. 워런 기병은 늘 긴장했고 안장에 타고 갈 때는 감자 자루처럼 무거웠다. 퍼킨스 하사처럼 경험이 많거나 자신감이 넘치지도 않았고, 니컬스 대위처럼 예민하지도 않았다. 워런 기병은 안장 위에서 균형을 잡지 못해 뒤뚱거렸다. 또 고삐를 너무 세게 잡아당기는 바람에 내 머리는 계속 좌우로 흔들렸다. 하지만 안장에서 내려오기만 하면 누구보다 다정한 사람이었다. 워런 기병은 내 몸을 손질할 때 조심스러우면서 친절했다. 또 안장에 쓸린 상처나 벗겨진 상처나 염증 때문에 자주 아파할 때도 재빨리 알아차리고 간호해 주었다. 워런 기병은 나를 극진히 보살펴 주었는데, 앨버트의 집을 떠난 뒤 그런 사람을 만난 건 처음이었다. 나는 워런 기병이 그 뒤 몇 달 동안 깊은 애정으로 돌봐 주었기 때문에 살아남을 수 있었다.

전쟁이 시작된 뒤 처음 맞이하는 가을에는 소규모 전투가 몇 차례 벌어졌다. 하지만 니컬스 대위가 예측했듯이 말들은 점점 더 기병대보다 기마 보병의 운송 수단으로 사용되었다. 독일군을 만나면 기병대는 말에서 내려 총받이에서 소총을 꺼냈다. 우리는 몇몇 기병들의 보살핌을 받으며 몸을 숨겼다. 전투 장면을 직접 보지는 못하고 소총 소리와 기관총 소리만 들을 수 있었다. 기병 중대가 돌아오고 대대가 다시 출발할 때면 기수를 잃은 말들이 한두 마리씩 생기곤 했다.

우리는 몇 날 며칠씩 행군을 했다. 그때 갑자기 오토바이가 굉음과 먼지를 내며 지나갔다. 그러자 누군가 큰 소리로 명령을 내렸고 날카로운 신호가 울려 퍼졌다. 기병대는 도로에서 벗어나 전투를 시작했다.

장거리 행군으로 지루할 때나 쌀쌀한 밤이 되면 워런 기병은 나한테 이야기를 들려주었다. 니컬스 대위가 사망한 바로 그 전투에서 자기가 타고 있던 말이 총에 맞았던 일과 몇 주 전만 해도 자신은 대장장이 아버지의 견습공이었다는 것도 이야기해 주었다. 그리고 전쟁이 터졌을 때도 군대에 들어오고 싶지 않았지만 집과 대장간을 빌려 준 마을의 지주가 워런 기병의 아빠에게 자신을 군대에 보내라고 말하는 바람에 올 수밖에 없었다고 했다. 또 말들과 함께 자랐기 때문에 기병대에 자원했다는 말도 덧붙였다.

"조이, 잘 들어 봐. 첫 번째 전투 이후로 말을 다시 탈 수 있으리라고는 상상도 못 했어. 있잖아, 이상한 일이지만 사격이 두려운 건 아니었어. 그건 그럭저럭 견딜만 했으니까. 다시 말을 타야 한다는 게 끔찍했어. 지금의 나를 보면 상상이 안 되지? 내가 다시 말을 탈 수 있게 되고, 대장장이의 꿈을 다시 키울 수 있게 된 건 모두 네 덕분이야. 조이, 네가 자신감을 되찾게 해 줬어. 지금은 무엇이든 할 수 있을 것 같아. 네 등에 타고 있으면 내가 갑옷을 입은 기사 같다니까."

어느 날 저녁, 워런 기병이 내 말굽을 갈며 말했다.

겨울이 시작되면서 비가 많이 내렸다. 처음에는 마음도 상쾌해지고, 먼지와 날벌레도 자취를 감추어 너무 좋았다. 하지만 들판과 길이 금세 진창으로 변했다. 병사와 말 들은 비를 피할 곳이 없어 흠뻑 젖었다. 아무리 해도 휘몰아치는 비를 피할 곳이 없었다. 밤에는 말굽 뒤쪽의

텁수룩한 털이 질척거리는 차가운 진흙에 빠진 채 서 있어야 했다. 하지만 워런 기병은 나를 헌신적으로 돌보아 주었다. 언제 어디서나 내가 몸을 피할 곳을 찾으려고 했고, 마른 밀짚 다발을 발견하면 내 몸을 따뜻하게 문질러 주었다. 또 늘 꼴 자루에 귀리가 넉넉하게 들어 있게 했다. 몇 주가 지나자 워런 기병은 다른 병사들한테 내가 힘이 세고 원기가 넘치는 말이라고 자랑했다. 나도 워런 기병에 대한 애정이 더 커져 갔다. 하지만 워런 기병이 나를 돌보기만 하고 기수는 다른 사람이었으면 좋겠다고 생각했다.

워런 기병은 전쟁이 어떻게 돌아가고 있는지 자세하게 말해 주었다. 워런 기병 말로는 우리가 전선 뒤쪽에 있는 예비대 주둔지로 철수하게 될 거라고 했다. 독일과 영국 병사 들이 서로 맹포격을 했기 때문에 영국군은 진창에 멈추어 서서 참호를 팠다. 참호는 이내 진지로 바뀌었고, 진지들은 바다에서 스위스까지 지그재그로 서로 연결되었다. 또 워런 기병은 기병대가 지금의 교착 상태를 깨뜨려야 한다고 했다. 기병대는 보병이 갈 수 없는 곳으로 갈 수 있었고, 참호 진지를 돌파할 수 있을 정도로 신속했다. 기병대가 보병 대대에게 어떻게 진지를 돌파할 수 있는지 보여 줄 거라고 했다. 하지만 땅이 단단해져 기병대가 제대로 움직일 수 있을 때까지는 살아남는 게 중요했다.

탑손과 나는 힘이 닿는 데까지 눈과 진눈깨비를 피하면서 그해 겨울을 보냈다. 삼사 킬로미터 정도밖에 안 떨어진 곳에서 대포 소리가 밤낮을 가리지 않고 쉴 새 없이 들렸다. 원기 왕성한 병사들은 전선으로 행군하면서 한껏 들떠 철모 아래로 웃음을 지으며 휘파람과 노래도 부르고 농담도 주고받았다. 하지만 나머지 병사들은 어깨 망토 위로 빗물이 똑똑 떨어지는 가운데 초췌한 모습으로 침묵을 지키며 힘겹게 걸음을 옮기고 있었다.

워런 기병은 때때로 집에서 편지를 받았는데, 행여 누가 들을까 봐 속삭이듯 편지를 읽어 주었다. 편지를 보낸 사람은 워런 기병의 엄마였는데, 편지의 내용은 늘 같았다.

사랑하는 아들 찰리 보아라.

아빠와 엄마는 우리 아들이 잘 지내고 있으리라

고 믿는단다. 네가 크리스마스를 함께 보내지 못해 무척 서운하구나. 네가 없으니 주방의 식탁이 텅 빈 것만 같다. 다행히 네 동생이 너를 대신해 우리를 도와주고 있단다. 아빠 말로는 네 동생이 말을 다루기에는 아직 어리고 힘이 약하지만 얼마 안 있어 제 몫을 하게 될 거라는구나. 하니포드 농장의 늙은 미망인 미니 위틀이 지난주에 잠자다 죽었다. 아마 기력이 조금이라도 있었다면 투덜댔을 텐데, 여든 살이나 되었으니 불평을 늘어놓지도 못했단다. 세상에서 둘째가라면 서러워할 투덜이였다는 건 너도 기억하지? 이게 전할 소식의 전부란다. 네 친구 샐리가 안부 전해 달라고 하더구나. 곧 편지를 쓰겠다는 말도 덧붙였고. 몸조심하고, 어서 집으로 돌아오길 바란다.

사랑하는 엄마가

"샐리는 편지를 쓰지 않을 거야. 편지를 못 쓰거든. 아니 아주 잘 쓰지는 못한다고. 하지만 이놈의 전쟁만 끝나면 고향으로 돌아가 샐리하고 결혼할 거야. 조이, 나는 샐리하고 함께 자랐어. 평생 알고 지낸 사이지. 난 나만큼이나 샐리를 잘 알고 있어. 그리고 내가 더 샐리를 좋아해."

워런 기병은 그해 겨울 지독한 단조로움을 깨뜨리고 내가 기운을 차릴 수 있게 해 주었다. 워런 기병이 말들이 모여 있는 곳으로 오면 탑손도 무척 반가워했다. 워런 기병은 자신이 탑손과 나한테 얼마나 좋은 일을 하는지 몰랐다. 끔찍한 겨울 동안 많은 말이 가축병원으로 실려 가서 돌아오지 못했다. 우리는 다른 군대 말들과 마찬가지로 사냥 말처럼 털을 깎았다. 그래서 허리 아래쪽으로는 늘 진흙이 묻고 비에 젖어 있었다. 가장 약한 말이 맨 먼저 병에 걸렸는데, 회복력이 거의 없어 상태가 급격하게 나빠졌다. 하지만 탑손과 나는 봄까지 견뎌 냈다. 탑손은 기침이 심해 고생을 했는데, 기침을 하면 육중한 골격이 흔들릴 정도였다. 탑손의 몸 안에 생명을 갉아먹는 무엇인가가 있는 것만 같았다. 그런 탑손을 구한 건 바로 스튜어트 대위였다. 뜨거운 사료를 먹이고, 살을 에는 듯한 날씨에도 될 수 있는 한 탑손을 따뜻하게 덮어 주었다.

　초봄이지만 등에 서리가 내려앉을 만큼 얼음처럼 차가운 밤, 기병들은 보통 때보다 일찍 말들이 줄지어 있는 곳으로 왔다. 새벽이 오기도 전이었다. 지난밤에는 쉬지 않고 포격 소리가 들렸다. 주둔지에는 새로운 혼란과 흥분이 자라났다. 우리가 생각하는 것처럼 일상적인 훈련이 아니었다. 기병들은 두 개의 탄띠를 두르고 방독면을 메고 소총과 칼을 차고는 전면전 대형으로 말이 있는 곳으로 왔다. 그리고 우리 등에 안장을 얹었더니 아무 말 없이 주둔지를 벗어나 도로까지 끌고 갔다. 기병들은 앞으로 벌어질 전투에 대해 이야기했고, 안장에 앉아 노래를 불렀다. 그동안 아무것도 하지 않은 채 좌절하고 초조해하던 모습은 온데간데없었다. 워런 기병도 다른 기병들처럼 원기 왕성하게 노래를 따라 불렀다. 차갑고 컴컴한 밤, 기병대는 고양이들만 활개 치고 다니는 황폐한 작은 마을에서 연대와 합류했다. 그리고 그곳에서 희미한 새벽빛이 지평선 위로 슬그머니 모습을 드러낼 때까지 한 시간가량 기다렸다. 대포들이 격렬하게 울부짖고 땅이 흔들렸다. 우리는 야전 병원과 기관총들이 있는 곳을 지나 예비대의 참호들을 빠른 걸음으로 넘어 전쟁터의 모습을 처음으로 보았다. 어디를 둘러봐도 폐허와 파괴의 흔적뿐이었다. 멀쩡하게 남아 있는 건물은 하나도 없었다. 폐허로 변한 땅에는 풀 한 포기 자라지 않았다. 노랫소리가 멈추고 기분 나쁜 침묵이 흘렀다. 참호 안에는 소총에 칼을 꽂은 병사들이 빽빽하게 들어차 있었다.

덜걱덜걱 소리를 내며 널빤지 위를 지나 완충 지대로 걸어가자 여기저기서 환호성이 들렸다. 기병대는 철망과 포탄 구멍과 끔찍한 전쟁의 잔해 속으로 걸어갔다. 갑자기 머리 위에서 들리던 대포 소리가 멈추었다. 우리는 철망을 통과했다. 기병대는 부채꼴로 넓게 퍼지면서 사다리꼴로 대형을 갖추었다. 어디선가 나팔 소리도 들렸다. 그때 박차가 옆구리를 누르는 게 느껴졌다. 나는 탑손과 나란히 서서 빠른 걸음으로 걷기 시작했다.

"조이, 너와 함께해서 영광이야. 영광이라고."

워런 기병이 칼을 뽑아 들며 말했다.

8장

우리는 훈련했던 것처럼 아주 잠깐 동안 빠른 걸음으로 앞으로 나갔다. 등골이 오싹해지는 침묵만이 흐르는 완충 지대에 마구가 짤랑거리는 소리와 말들이 콧김을 내뿜는 소리가 울려 퍼졌다. 우리는 최대한 줄을 맞추면서 포탄 구멍을 피해 나갔다. 완만하게 경사진 언덕 꼭대기에는 포격을 받아 파괴된 숲의 잔해들이 보이고, 바로 아래에는 녹슨 철조망이 지평선을 따라 넓게 펼쳐져 있었다.

"철망이야, 조이. 이거 큰일인데? 철망이 없어졌을 거라고 했는데. 대포가 철망을 처리했을 거라고 했는데. 야단났군."

워런 기병이 이를 악문 채 속삭였다.

우리는 천천히 달리기 시작했지만 적군의 소리가 들리거나 모습이 보이지는 않았다. 기병들은 말의 목에 기대고 칼을 앞으로 빼어 든 채 보이지 않는 적을 향해 함성을 질렀다. 나는 탑손과 보조를 맞추기 위해 전속력으로 달렸다. 첫 번째 포탄이 탑손과 나 사이에 떨어지고 기관총이 불을 뿜기 시작했다. 혼란스러운 전투가 시작되었다. 주위의 군인들이 외마디 소리를 지르며 땅바닥으로 떨어졌다. 말들이 두려움과 고통에 사로잡혀 비명을 지르며 앞발을 치켜들었다. 포탄이 터질 때마다 지진이 나는 것처럼 땅이 솟구쳐 오르면서 말과 기병 들이 허공으로 내팽개쳐졌다. 포탄이 머리 위에서 날카로운 소리를 내며 지나갔다. 하지만 기병대는 언덕 꼭대기에 있는 철망을 향해 전속력으로 달렸고 나도 그들과 함께 달렸다.

내 등에 타고 있던 워런 기병이 무릎으로 나를 꽉 눌

렀다. 내가 비틀거리자 워런 기병이 등자를 놓쳐 버렸다. 나는 워런 기병이 등자에 발을 다시 끼울 때까지 천천히 걸었다. 탑손은 여전히 내 앞에 있었는데, 머리를 꼿꼿이 든 채 꼬리를 좌우로 흔들고 있었다. 내 다리에 힘이 솟구쳤다. 나는 탑손을 뒤쫓았다. 워런 기병은 말을 타고 가면서 큰 소리로 기도했다. 하지만 기도 소리는 주위의 시체를 보는 순간 욕설로 바뀌었다. 철망에 도착한 말들은 몇 마리 되지 않았는데, 탑손과 나도 그곳에 있었다. 영국군의 폭격으로 철망에 구멍이 몇 개 뚫리는 바람에 우리는 그곳을 통과할 수 있었다. 마침내 독일군의 첫 번째 참호에 도착했지만 안은 텅 비어 있었다. 이제 나무 위에서 총탄이 쏟아졌다. 기병대 가운데 살아남은 병사들을 다시 모아 숲을 향해 전속력으로 달렸다. 그러다가 나무 사이에 감춰져 있던 철망을 다시 만났다. 미처 멈추지 못하고 철망으로 달려가는 말들도 있었다. 기수들은 철망을 빠져나가려고 발버둥 쳤다. 말이 철망에 걸리는 걸 보고 일부러 말에서 뛰어내리는 기병도 있었다. 그 기병은 철망에 걸린 말이 죽음을 맞이하기 전에 소총으로 쏴 죽였다. 나는 빠져나갈 곳이 없다는 걸 즉시 알아차렸다. 그곳을 빠져나가는 유일한 방법은 철망을 뛰어넘는 것이었다. 나는 탑손과 스튜어트 대위가 가장 낮은 철망을 뛰어넘는 걸 보고 그곳을 뛰어넘었다. 하지만 어느새 독일군에게 포위되고 말았다. 끝이 뾰족한 철모를 쓴 독일군들이 나무 뒤와 참호 속에 숨어 있다가 반격을 시작했다. 독일군은 탑손과 나를 무시하고 지나쳐 달려갔다. 우리는 소총을 겨누고 있는 독일군들에게 포위되어 있었다.

포격과 사격이 갑자기 멈추었다. 나는 살아남은 병사가 있는지 확인하려고 주위를 둘러보았다. 탑손과 나뿐이었다. 뒤쪽에는 기수를 잃은 말들이 아군 참호를 향해 전속력으로 달리고 있었다. 언덕의 중턱에는 죽거나 죽어 가는 병사들이 가득했다.

"기병, 칼 버려. 아무짝에도 쓸모없는 학살 행위는 이만하면 됐어. 희생자 수를 늘리는 건 무의미한 일이야."

스튜어트 대위가 안장에서 몸을 구부려 땅바닥에 칼을 버리며 말했다.

스튜어트 대위가 탑손을 끌고 내가 있는 쪽으로 다가

오더니 멈추어 섰다.

"워런 기병, 자네와 내가 기병대에서 가장 뛰어난 말들을 타고 있다고 말한 적이 있을 거야. 오늘 이 두 놈은 자신들이 연대 전체, 아니 이 어처구니없는 군대를 통틀어 가장 훌륭한 말이라는 걸 보여 주었어. 봐, 긁힌 상처 하나 없잖아."

스튜어트 대위는 독일군이 다가오자 말에서 내렸고, 워런 기병도 따라서 내렸다. 두 사람은 독일군에게 포위되자 탑손과 내 고삐를 잡은 채 나란히 섰다. 우리는 고개를 돌려 언덕 아래의 전장을 내려다보았다. 말 두세 마리가 아직도 철망을 통과하려고 발버둥 치고 있었다. 하지만 참호를 다시 차지한 독일군들이 진격하면서 말들의 고통은 차례로 끝이 났다. 전투를 마무리하는 마지막 총성이 울렸다.

"정말 쓸데없는 짓이야. 이 광경을 본다면 말들을 몰고 철망과 기관총을 향해 달려들지 않는 걸 이해할 거야. 영국군도 생각을 고쳐먹을 거라고."

스튜어트 대위가 말했다.

우리를 포위하고 있는 독일군들은 경계를 하는지 거

리를 두고 있었다. 독일군들은 어떻게 해야 할지 모르는 듯했다.

"대위님, 말들은요? 조이와 탑손은 어떻게 되는 겁니까?"

워런 기병이 물었다.

"우리하고 똑같아. 말들도 전쟁 포로가 되는 거지."

스튜어트 대위가 대답했다.

독일군들은 거의 말 한마디 하지 않고 우리를 데리고 언덕 마루를 지나 골짜기로 갔다. 아직 전투가 벌어지지 않은 골짜기는 푸른빛으로 덮여 있었다. 워런 기병은 골짜기까지 가는 내내 내 목에 팔을 얹어 나를 안심시키려고 했다. 나는 워런 기병이 작별 인사를 시작했다고 느꼈다.

"독일군은 내가 너하고 같이 가게 하지 않을 거야. 나는 그러길 바라지만 독일군이 그렇게 안 할 거야. 하지만 너를 절대 잊지 않을 거야. 약속할게."

워런 기병이 내 귀에 대고 속삭였다.

"워런 기병, 너무 걱정 말게. 독일 사람들도 우리만큼이나 말을 사랑해. 조이와 탑손은 괜찮을 거야. 어쨌든 탑손이 조이를 돌볼 거야. 믿어도 돼."

스튜어트 대위가 말했다.

숲에서 빠져나와 아래쪽 도로로 접어들자 호송하던 독일군들이 우리를 멈추어 세웠다. 스튜어트 대위와 워런 기병은 도로를 따라 무너진 집들이 잔뜩 쌓여 있는 곳으로 향했다. 그곳은 한때 마을이었을 것이다. 탑손과 나는 벌판을 가로질러 골짜기 아래로 더 내려갔다. 오랫동안 작별 인사를 할 시간도 없었다. 스튜어트 대위와 워런 기병은 탑손과 내 주둥이를 잠깐 쓰다듬고는 떠났다. 스튜어트 대위는 걸어가면서 워런 기병의 어깨에 팔을 올렸다.

9장

　신경질적인 두 명의 독일군이 탑손과 나를 농장과 과수원과 다리를 지나 병원 천막이 있는 곳으로 데려가 묶어 놓았다. 우리가 포위된 곳에서 꽤 멀리 떨어진 곳이었다. 한 무리의 부상병들이 곧 주위로 몰려들었다. 부상병들은 탑손과 나를 가볍게 두들기거나 쓰다듬었다. 나는 초조해져 꼬리를 흔들기 시작했다. 워런 기병과 헤어진 뒤로 배도 고프고 갈증도 나고 화까지 났다.

　머리에 붕대를 두르고 긴 회색 외투를 입은 장교가 천

막에서 불쑥 나오기 전까지 탑손과 나를 어떻게 처리할지 아는 사람은 아무도 없는 것 같았다. 장교는 주위 병사들보다 머리 하나 정도는 더 컸다. 또한 걸음걸이와 몸가짐을 볼 때 부하들한테 명령을 내리는 데 익숙해 보였다. 붕대가 한쪽 눈을 가리고 있어 장교의 얼굴 반쪽만 볼 수 있었다. 장교는 다리를 절뚝거리며 우리 쪽으로 걸어왔다. 한쪽 다리를 붕대로 칭칭 동여맸기 때문에 몸을 지탱할 지팡이가 필요했다. 장교가 다가서자 병사들이 다급하게 뒤로 물러선 뒤 뻣뻣하게 차려 자세를 취했다. 장교는 탑손과 나를 보더니 머리를 흔들고 한숨을 내쉬면서 감탄의 빛을 감추지 못했다. 그러고 나서 병사들을 향해 고개를 돌렸다.

"우리 철망에 걸려 죽은 말들이 헤아릴 수 없을 만큼 많다. 만약 우리에게 이 말들처럼 용감한 말이 단 한 마리라도 있었다면 지금쯤 우린 진창에서 죽자 살자 싸우는 대신 파리로 진격했을 것이다. 이 말들은 지옥의 불을 뚫고 여기까지 왔다. 이 두 마리만 살아남았다. 전투에서 패배한 건 이 말들의 잘못이 아니다. 이 말들은 서커스단의 동물이 아니라 영웅이다. 내 말 알아듣겠나? 영웅이라고. 그러니 마땅히 영웅 대접을 받아야만 한다. 지금 제군들은 이 말들을 에워싼 채 빤히 쳐다보고만 있다. 제군들은 심하게 다치지도 않았고, 의사는 너무 바빠서 지금 제군들을 살필 여유가 없다. 그러니 당장 이 말들의 안장을 벗기고 몸을 문질러 닦고 사료와 물을 먹이도록. 귀리와 건초와 담요가 필요할 거다. 자, 이제 내가 말한 대로 실시한다."

병사들은 사방으로 뿔뿔이 흩어지며 급히 자리를 떴다. 잠시 뒤 병사들은 서툰 솜씨로 탑손과 나를 돌보기 시작했다. 말을 돌본 경험이 있는 병사가 한 명도 없는 것 같았다. 하지만 그건 아무래도 상관없었다. 사료와 물을 가져다주는 것만으로도 고마울 따름이었다. 그날 아침은 부족한 게 없었다. 키 큰 장교가 줄곧 나무 아래서 지팡이에 몸을 기댄 채 병사들을 지휘했다. 장교는 때때로 탑손과 나한테 다가와 손으로 등과 허리를 쓰다듬기도 했다. 뭔가를 알겠다는 듯이 고개를 끄덕이기도 하고, 탑손과 내 상태를 살펴보면서 병사들한테 우리를 보살피는 요령을 알려 주기도 했다. 얼마 뒤 장교는 천막에서 나온 하얀 외투 차림의 남자와 이야기를 나누었는데, 그 남자는 머리가 헝클어지고 지쳐서 얼굴이 핼쑥했다. 남자의 외투에는 피가 얼룩져 있었다.

"대위님, 저 말들과 관련해서 본부와 통화했습니다. 환자용 들것을 끄는 데 써도 좋다고 했습니다. 대위님의 생각은 알고 있습니다만, 대위님이 저 말들을 데리고 있기는 힘들 것 같습니다. 의무대에도 저놈들이 꼭 필요하니까요. 돌아가는 상황을 보면 저놈들이 더 필요하게 될 겁니다. 이제 막 첫 번째 공격을 했을 뿐, 앞으로 더 많은 공격을 해야 하잖습니까. 공격은 계속될 거고, 기나긴 전쟁이 될 겁니다. 양쪽 다 똑같이 말입니다. 우리가 옳다는 걸 증명하기 위해서는 시간이 걸리고 목숨까지 걸어야 합니다. 자동차든 말이든 부상자를 실어 나르는 운송 수단이 필요합니다."

하얀 외투를 입은 남자가 말했다.

키 큰 장교가 몸을 일으키면서 벌컥 화를 냈다. 그러고는 무서운 표정을 지으며 하얀 외투를 입은 사내한테 걸어갔다.

"의사 양반, 이렇게 훌륭한 영국 기병대 말들한테 짐마차 끄는 일이나 시키겠다고? 내 창기병 연대가 이런 멋진 말들을 가지게 되었다는 것은 너무나 감격스런 일이오. 나는 그 말에 따를 수 없소. 허락할 수 없소."

"대위님, 오늘 아침처럼 어처구니없는 전투를 벌이고도 아군이나 적군이 이번 전쟁에서 다시 기병대를 사용할 거라고 생각하십니까? 운송 수단이 필요하다는 걸 깨닫지 못하시는 겁니까? 대위님, 우리는 지금 운송 수단이 필요합니다. 독일과 영국의 용감한 병사들이 참호 속 들것에 누워 있어요. 그리고 지금 그들을 병원으로 실어 올 방법이 없습니다. 대위님, 그 병사들이 모두 죽기를 바라는 건 아니겠지요? 말씀해 보십시오. 정말 그 병사들이 죽기를 바라는 겁니까? 이 말들이 짐마차를 끈다면 부상병을 몇 십 명은 옮길 수 있을 겁니다. 지금 가진 구급차로는 부족해요. 그나마 그 구급차들도 고장이 나거나 진창에 빠져 옴짝달싹 못 하고 있어요. 대위님, 당신의 도움이 필요합니다."

의사가 협박에 굴복하지 않고 끈기 있게 말했다.

"세상은……. 세상은 완전히 미쳤어. 이놈들처럼 고귀한 창조물이 짐이나 나르는 가축으로 전락하다니, 미친 거야. 하지만 의사 양반 말이 맞군. 나는 창기병이지만 말보다는 사람이 더 중요하다는 것쯤은 알고 있소. 하지만 말을 잘 아는 병사들이 이 말들을 보살피도록 해야 한다는 걸 잊지 마시오. 정비사가 이 말들한테 더러운 손을 대지 않길 바랄 뿐이오. 승마용 말이라는 사실을 잊지 말아야 하오. 이유가 아무리 그럴듯하다고 해도 마차를 끄는 걸 좋아하지는 않을 테니까."

독일군 장교가 고개를 절레절레 흔들면서 말했다.

"대위님, 고맙습니다. 정말 훌륭한 결정을 하셨습니다. 하지만 한 가지 문제가 남았습니다. 대위님도 말씀하셨다시피 우선 저놈들을 돌볼 전문가가 필요합니다. 특히 마차를 한번도 끌어 보지 않았다면 더더욱 그렇습니다. 문제는 이곳에는 위생병밖에 없다는 것입니다. 위생병 가운데 전쟁이 일어나기 전에 농장에서 말들을 돌보던 병사도 있지만, 대위님만큼 이놈들을 잘 다룰 수 있는 병사는 없습니다. 대위님은 다음번에 호송되는 구급차편으로 후방 기지 병원으로 옮겨지실 겁니다. 하지만 구급차가 오늘 저녁 전에는 도착하지 않을 겁니다. 부상까지 입은 대위님께 이런 부탁을 드려 죄송하지만, 제가 얼마나 급하면 이러는지 잘 아실 겁니다. 저기 아래쪽에 사는 농부한테 마차와 마구가 있습니다. 대위님, 어떻습니까? 도와주시겠습니까?"

의사가 말했다.

붕대를 감은 장교는 다리를 절뚝거리며 우리 쪽으로 걸음을 옮기더니 탑손과 내 코를 부드럽게 쓰다듬었다. 그러고 나서 웃으면서 고개를 끄덕였다.

"알았소. 죄 받을 짓이지만 어쩔 수 없지. 의사 양반, 어쩔 수 없는 일이라면 내 손으로 제대로 하겠소."

장교가 말했다.

그렇게 해서 탑손과 나는 포위된 그날 오후 건초를 실어 나르는 마차에 묶이게 되었다. 우리는 두 명의 위생병을 지휘하는 장교와 함께 숲을 지나 부상병들이 기다리고 있는 우레와 같은 포화 속으로 달려갔다. 탑손은 줄곧 걱정이 가득한 표정이었는데 마차를 끌어 본 적이 없는 게 분명했다. 마침내 내가 탑손을 이끌면서 도움을 주고, 안심시키는 입장이 되었다. 처음에 장교는 내 옆에서 지팡이를 짚은 채 다리를 절뚝거리며 지휘했지만, 곧 마차에 올라타 위생병들에게 고삐를 잡도록 했다.

"전에 마차를 끌어 본 게 틀림없어. 척 보면 알지. 영국 사람들이 제정신이 아니라는 건 알고 있었어. 너처럼 멋진 말을 마차나 끄는 데 쓴 거야. 틀림없어. 그게 바로 이번 전쟁이야. 누가 더 미쳤는지 판가름을 내려 하고 있지. 전쟁을 시작할 때는 영국 사람들이 확실히 유리했어. 먼저 미쳤으니까."

장교가 말했다.

그날 오후와 저녁 격렬하게 전투가 벌어지는 전선으로 무거운 발걸음을 옮겨 들것에 실린 병사들을 야전 병원으로 데리고 왔다. 여기저기 포탄 구멍이 나 있고 노새와 사람의 시체가 널려 있는 도로와 오솔길을 한참 걸어야 하는 길이었다. 영국군과 독일군의 포격이 계속되었다. 양쪽 군대 모두 완충 지대로 병사들을 보냈다. 걸을 수 있는 부상병들이 도로를 따라 돌아오는 내내 머리 위로 대포 소리가 울려 퍼졌다. 철모 아래로 드러난 창백한 얼굴은 예전에 어디선가 본 적이 있었다. 다른 것은 군복이었다. 부상병들은 가장자리에 빨간색 장식이 달려 있는 회색 군복을 입고 있었다. 철모도 둥글고 챙이 넓은 것이 아니었다.

키 큰 장교는 밤이 다 되어서야 구급차에 올라타고는

의사와 탑손과 나에게 손을 흔들어 작별 인사를 하고 떠났다. 구급차가 덜거덕거리며 들판을 가로질러 시야에서 사라졌다. 의사는 우리와 하루 종일 함께 있었던 위생병들한테 고개를 돌렸다.

"이 말들을 잘 보살피게. 오늘 소중한 생명을 구했어. 독일군과 영국군을 구했다고. 이 말들은 극진한 대접을 받을 자격이 충분해. 잘 보살펴 주게."

그날 밤, 탑손과 나는 전쟁터로 끌려온 뒤 처음으로 호화스러운 마구간에서 보냈다. 들판을 가로질러 도착한 농장의 헛간 안에는 돼지와 닭은 없었다. 안으로 들어가 보니 사료 선반에 맛있는 건초가 넘쳐 나고 양동이에는 마음을 위로하는 시원한 물이 그득했다.

그날 밤, 탑손과 나는 건초를 다 먹은 뒤 헛간 뒤쪽에 함께 누웠다. 나는 반쯤 깬 채로 근육이 쑤시고 다리가 아프다는 생각만 하고 있었다. 그때 갑자기 문이 삐걱거리면서 열리더니 마구간에 깜빡거리는 주황색 불빛이 가득했다. 불빛 뒤에서 발자국 소리가 들렸다. 탑손과 나는 고개를 들어 쳐다보았다. 나는 순간적으로 불안감에 사로잡혔다. 잠깐 동안 늙은 조와 함께 지내던 고향의 마구간으로 돌아간 듯한 착각이 들었다. 춤을 추듯 흔들리는 불빛을 보자 앨버트 아빠가 떠올라 깜짝 놀랐다. 몸을 벌떡 일으켜 불빛을 피해 뒷걸음질 쳤다. 탑손이 옆에서 나를 지켜 주고 있었다. 하지만 목소리를 듣고 나서야 나는 귀에 거슬리는 앨버트 아빠의 술 취한 목소리가 아니라는 걸 깨달았다. 그건 부드럽고 상냥한 어린 여자아이의 목소리였다. 불빛 뒤로 두 사람이 보였다. 한 사람은 지저분한 옷과 나막신 차림의 노인이었고, 다른 한 사람은 얼굴과 어깨를 숄로 감싼 여자아이였다.

"할아버지, 봐요. 군인 아저씨들이 여기다 집어넣었을 거라고 했죠? 이렇게 멋진 말을 본 적 있어요? 할아버지, 제가 키우면 안 돼요? 제발 제가 키우게 해 주세요, 네?"

10장

악몽 같은 현실에서도 행복하다고 말할 수 있다면, 탑손과 나는 그해 여름이라고 할 것이다. 탑손과 나는 매일 최전선까지 위험한 여행을 반복했다. 공격과 반격이 쉴 새 없이 계속되었지만 최전선은 어느 한쪽으로 이삼백 야드 정도만 움직일 뿐이었다. 참호에서 죽어 가거나 부상을 입은 병사들을 마차에 실어 나르면서 포탄 구멍에 익숙해져 갔다. 곁을 지나 행군하던 병사들이 탑손과 나를 보고 환호성을 지른 게 한두 번이 아니었다. 한번은 너무 피곤해 포탄이 우리 앞뒤의 도로에 떨어지는데도 두려워하지 않고 터벅터벅 걷고 있었다. 웃옷이 피와 진흙으로 범벅이 된 병사가 다가와 팔로 내 목을 감싸 안고 키스했다.

“고마워, 친구. 그 지옥 같은 곳에서 나를 구해 주리라고는 생각도 못 했어. 어제 이걸 발견했는데, 내가 가지고 있을까도 생각해 봤지만 주인이 따로 있다는 걸 알았지.”

병사는 말을 마치고 팔을 쭉 뻗어 내 목에 진흙투성이 장식 띠를 매 주었다. 띠 끝에는 철십자 훈장이 매달려 있었다.

“네 친구하고 나눠 가져야 할 거야. 너희 둘 다 영국에서 왔다지. 틀림없이 이번 전쟁에서 처음이자 마지막으로 철십자 훈장을 받는 말이 될 거야.”

병원 천막 밖에서 기다리고 있던 부상병들이 박수갈채를 보냈다. 박수 소리가 메아리쳤다. 천막 안에 있던 의사, 간호사, 환자들은 이런 상황에서 박수 소리가 들리는 게 이상했는지 밖으로 뛰어나왔다.

병사들은 탑손과 내 방문 바깥쪽에 있는 못에 철십자 훈장을 걸어 놓았다. 그리고 며칠 동안 보기 드물게 평화로운 날들이 지나갔다. 포격이 멈추었고 탑손과 나도 더 이상 전선까지 여행을 가지 않아도 되었다. 부상병 몇 명이 농가의 마당까지 탑손과 나를 찾아왔다. 나는 지나친 찬사가 당혹스럽기도 했지만 기분이 좋았다. 부상병들이 마당으로 걸어오는 소리가 들리면 높다란 마구간 문 너머로 머리를 쑥 내밀곤 했다. 탑손과 나는 나란히 문 앞에 서서 꼬리에 꼬리를 무는 칭찬을 들었다. 물론 각설탕이나 사과와 같은 환영 선물이 곁들여지기도 했다.

하지만 내 기억 속에 강렬하게 남아 있는 것은 그해 여름의 일이었다. 때때로 탑손과 나는 땅거미가 지고 나서야 농장에 도착했다. 그럴 때면 농장에 도착하던 날 저녁에 찾아왔던 여자아이와 할아버지가 방문 옆에서 탑손과 나를 기다리고 있었다. 위생병이 탑손과 나를 맡아 다정하게 대해 주었지만, 말에 대해서는 잘 몰랐다. 어린 에밀리와 에밀리의 할아버지가 탑손과 나를 보살피겠다고 나섰다. 에밀리와 할아버지는 탑손과 나를 솔질하고 상처를 치료했다. 두 사람은 탑손과 나에게 사료와 물을 먹이고 돌봐 주었다. 또 밀짚을 모아 물기가 없는 따뜻한 침대를 만들어 주었다. 에밀리는 탑손과 내 눈을 보호하려고 눈가리개를 씌워 날벌레들이 성가시게 하지 못하도록 했다. 그리고 더운 여름 저녁에는 농가 아래쪽에 있는 풀밭으로 데려가 풀을 뜯어 먹게 했고, 할아버지가 부를 때까지 탑손과 내가 풀 뜯어 먹는 걸 지켜보기도 했다.

에밀리는 작은 여자아이였지만 탑손과 나를 데리고 활기차게 농장을 돌아다녔다. 그럴 때마다 에밀리는 그날 하루 종일 무슨 일을 했고, 탑손과 내가 얼마나 용감한지, 우리를 얼마나 자랑스럽게 생각하고 있는지 이야기했다.

다시 겨울이 되면서 풀은 맛과 양분을 잃어버렸다. 에밀리는 마구간 위쪽 다락으로 올라가 탑손과 나한테 건초를 던져 주곤 했다. 그리고 다락 바닥에 드러누워 탑손과 내가 선반에서 건초를 잡아당겨 먹는 모습을 문을 통해 지켜보았다. 할아버지가 탑손과 나를 돌보느라 바쁠 때면 나중에 자신이 커서 힘이 더 세지거나 전쟁이 끝나 군인들이 모두 고향으로 돌아갈 때 탑손과 나를 타고 숲 속을 달릴 거라고 흥에 겨워 재잘거렸다. 또 탑손과 내가 자기 곁에 머물기만 한다면 부족한 게 없도록 할 거라고 했다.

탑손과 나는 노련한 군인이 되었다. 매일 아침 포화에 휩싸인 전쟁터를 지나 참호로 돌아오는 일이 아무렇지도 않았다. 그뿐만이 아니었다. 저녁에 마구간으로 돌아갈 수 있다는 희망이 있었고, 그곳에서 어린 에밀리가 우리를 위로해 주고 사랑해 줄 것이라는 기대도 있었다. 탑손과 나는 그 순간을 간절히 기다렸다. 말들은 상냥하게 이야기하고 몸집이 작아 위협을 주지 않는 어린아이들을 본능적으로 좋아하는 법이다. 하지만 에밀리는 탑손과 나한테 특별한 아이였다. 에밀리는 시간이 날 때마다 탑손과 나를 찾아와 아낌없이 사랑을 베풀었다. 솔질을 해 주고 다리를 살펴보느라 매일 저녁 늦게까지 마구간에 있었다. 또 위생병들이 새벽에 찾아와 마차에 우리를 매달기 전에 사료를 제대로 먹는지도 지켜보았다.

에밀리가 호수 옆의 담에 올라가 앉아 손을 흔들고 있었다. 나는 고개를 돌릴 수 없었지만 에밀리가 탑손과 내 모습이 보이지 않을 때까지 담에 앉아 있다는 걸 알고 있었다. 그리고 저녁에 돌아올 때도 에밀리는 어김없이 담 위에 앉아 있었는데, 탑손과 내가 마차에서 풀리는 걸 보고는 흥분해서 두 손을 움켜쥐곤 했다.

하지만 겨울이 시작되는 어느 날 저녁, 탑손과 나를 보고 반갑게 인사를 해야 할 에밀리가 보이지 않았다. 탑손과 나는 그날 다른 때보다 훨씬 일이 힘들었다. 첫눈이 와 진지로 가는 도로가 막혀 말이 끄는 마차만 지나갈 수 있었기 때문에 부상병들을 실어 오기 위해 두 번이나 오가야 했다. 할아버지가 지치고, 허기지고, 목마른 탑손과 나를 마구간으로 데리고 갔다. 할아버지는 마당을 가로질러 집으로 돌아가기 전에 잠깐 우리를 쳐다볼 뿐 아무 말도 없었다. 탑손과 나는 저녁 내내 문 옆에서 조용히 내리는 눈과 농가의 깜빡이는 불빛을 바라보았다. 우리는 할아버지가 다시 마구간으로 돌아와 말을 하기 전에 무슨 일이 생겼다는 걸 이미 알아차렸다.

할아버지가 뽀드득 소리를 내며 눈길을 걸어 밤늦게 마구간으로 왔다. 할아버지는 탑손과 내가 기다리던 뜨거운 사료를 가져다준 뒤 랜턴 아래 밀짚에 앉아 사료 먹는 모습을 지켜보았다.

"에밀리가 너희를 위해 기도했어. 우리 손녀가 잠자리에 들기 전에 너희를 위해 기도한 것 알아? 에밀리가 기도하는 걸 들었지. 에밀리는 전쟁이 일어나고 일주일 뒤에 죽은 엄마 아빠를 위해 기도했어. 폭탄 한 방에 모든 게 끝나 버렸지. 또 다시는 못 만나게 된 오빠를 위해서도 기도했어. 에밀리의 오빠는 열일곱 살이었고, 묘지도 없어. 에밀리와 내 마음속에만 살아 있지. 그러고 나서 나를 위해 기도했고, 전쟁이 우리 농장을 빗겨 갈 수 있게 해 달라고 기도했어. 마지막으로 너희를 위해 두 가지 기도를 더 했어. 먼저, 너희가 전쟁에서 살아남아 오래 살 수 있게 해 달라고 기도했고, 그렇게 된다면 너희와 함께 있고 싶다고 기도했지. 에밀리는 겨우 열세 살인데 방에 누워 있어. 내일 아침을 맞이할 수 있을지도 모른 채 말이야. 독일군 의사가 말하길 폐렴에 걸렸대. 독일인이지만 정말 훌륭한 의사야. 의사는 최선을 다했고, 이제 하느님 손에 달렸어. 지금까지 하느님은 우리 가족한테 별로 축복을 내리지 않았어. 에밀리가 죽는다면 내 인생에 남아 있는 유일한 불빛이 꺼지게 될 거야."

할아버지가 천천히 고개를 끄덕이며 말했다.

할아버지는 주름이 자글자글한 눈으로 탑손과 나를

바라보다가 흘러내리는 눈물을 닦았다.

"내가 한 말을 조금이라도 알아들을 수 있다면, 너희 하느님한테 에밀리를 낫게 해 달라고 기도해 줘. 에밀리가 너희를 위해 기도했던 것처럼 말이야."

그날 밤 내내 격렬한 폭격이 이어졌다. 다음 날 동이 트기도 전에 위생병이 마구간으로 찾아와 탑손과 나를 눈 위로 끌고 나갔다. 에밀리나 할아버지의 흔적은 찾을 수가 없었다. 그날 아침, 새로 내린 눈 위로 마차를 끌었다. 탑손과 나는 최전선까지 빈 마차를 끌고 가는데도 있는 힘을 다 써야 했다. 바퀴 자국과 폭탄 구멍을 완전히 가릴 정도로 수북이 쌓인 눈과 그 밑의 푹푹 빠지는 진창을 빠져나가려고 무진 애를 썼다.

탑손과 나는 위생병 두 명의 도움을 받아 가까스로 최전선까지 갔다. 위생병들은 탑손과 내가 곤란한 지경에 처할 때마다 마차에서 뛰어내려야 했다. 진창에 빠진 바퀴를 손으로 빼내 다시 눈 위를 굴러 갈 수 있게 해야만 했다.

최전선 뒤에 있는 응급 치료소에는 부상병들이 넘쳐 났기 때문에 마차에 예전보다 훨씬 많은 부상병들을 실고 끌어야만 했다. 하지만 다행스럽게도 돌아오는 길은 대부분 내리막길이었다. 누군가 그날이 크리스마스 아침이라는 걸 생각해 내자 병사들은 돌아오는 내내 느리면서도 선율이 아름다운 캐럴을 불렀다. 부상병들은 대부분 독가스 때문에 눈이 먼 군인들이었는데, 캐럴을 부르다 앞이 안 보이는 걸 슬퍼하며 울었다. 탑손과 나는 그날 몇 번씩 왔다 갔다 했고, 병원에 부상병을 받아들일 공간이 없어지고 나서야 쉴 수 있었다.

탑손과 내가 농장에 도착했을 때는 벌써 별이 반짝이는 밤이었다. 폭격은 멈추었다. 하늘을 밝히며 별빛을 가리던 폭탄의 불빛은 보이지 않았다. 농장 길을 걸어오는 내내 총소리도 들리지 않았다. 어쨌든 하룻밤의 평화가 찾아온 것이다. 마당의 눈에 서리가 덮여 바삭바삭 소리가 났다. 마구간에 불빛이 춤을 추었다. 할아버지가 달려나와 위생병한테서 고삐를 넘겨받았다.

"근사한 밤이야. 모든 게 완벽한 밤이야. 저기 너희가 먹을 사료와 건초와 물이 있다. 오늘 밤 특별히 주는 거야. 날씨가 추워서가 아니라 너희가 기도를 했기 때문이야. 에밀리가 점심시간에 깨어난 걸 보면 너희가 하느님한테 기도를 한 게 틀림없어. 에밀리가 맨 먼저 한 말이 뭔지 아니? '일어나야 돼. 말들이 돌아오기 전에 사료를 준비해 놓아야 하거든. 말들은 춥고 지쳐 있을 거야' 라고 말했어. 의사는 에밀리를 침대에 누워 있게 하려고 오늘 밤 너희한테 특별 식량을 주겠다고 약속했단다. 그리고 날씨가 계속 추워지면 특별 식량을 계속 주겠다는 약속도 해야만 했지. 안으로 들어가 배불리 먹어. 오늘 밤 우리 모두 크리스마스 선물을 받은 셈이야. 그렇지? 모든 게 완벽해. 다 좋아."

할아버지가 우리를 끌고 가면서 말했다.

11장

한동안 모든 게 다 좋았다. 그해 봄, 전쟁이 갑자기 우리 곁에서 자취를 감춘 것이다. 물론 아주 끝난 건 아니었다. 멀리서 대포 소리도 들렸고, 군인들도 때때로 농가 마당을 지나 전선으로 행군했다. 하지만 싣고 오는 부상병의 수가 줄고, 구급 마차를 끌고 참호와 야전 병원을 왔다 갔다 하는 횟수도 점점 줄어들었다. 탑손과 나는 대개 연못 옆 풀밭에서 풀을 뜯어 먹으며 지냈다. 하지만 저녁이 되면 이따금씩 내리는 서리 때문에 추웠다. 에밀리는 어두워지기 전에 탑손과 나를 마구간으로 데려갔다. 직접 끌고 갈 필요는 없었다. 에밀리가 부르기만 하면 탑손과 나는 에밀리의 뒤를 따라갔다.

에밀리는 폐렴을 앓은 탓에 아직 몸이 약했다. 마구간에서 우리와 장난을 치다 심하게 기침을 할 때도 있었다. 에밀리가 때로 내 등에 올라타면 나는 천천히 마당을 지나 풀밭으로 걸어갔다. 그럴 때면 탑손이 내 뒤를 바싹 쫓아왔다. 에밀리는 고삐도, 안장도, 재갈도, 박차도 쓰지 않았다. 에밀리는 주인이 아니라 친구 같았다. 탑손은 나보다 키도 크고 몸집도 커서 에밀리가 타기도 힘들었고 내리기는 더 힘들었다. 에밀리는 나를 발판 삼아 탑손의 등에 오를 때도 있었다. 하지만 나를 밟고 탑손에 올라타는 건 에밀리한테 어려운 동작이어서 한두 번 떨어지기도 했다.

탑손과 나 사이에 질투 같은 것은 없었다. 탑손은 나와 에밀리 곁을 터벅거리며 걷는 것을 좋아했고, 에밀리가 원할 때마다 등에 태워 주었다. 어느 날 저녁 탑손과 내가 밤나무 아래 풀밭에서 여름 태양의 열기를 피하고 있을 때 화물차 호송단이 전선에서 돌아오는 소리가 들렸다. 호송단은 농장 문을 통과하면서 탑손과 나를 불렀다. 야전 병원의 위생병과 간호사와 의사였다. 호송단이 마당에 멈추어 섰을 때 탑손과 나는 연못 옆의 문을 향해 전속력으로 달려가 어깨 너머로 쳐다보았다. 에밀리와 할아버지가 우유를 짜는 헛간에서 나와 의사와 오랫동안 이야기를 나누었다. 탑손과 나는 잘 알고 지내던 위생병들이 우리를 에워싸고 있다는 걸 갑자기 깨달았다. 위생병들은 담장을 기어올라 사랑이 듬뿍 담긴 손길로 탑손과 나를 토닥거리거나 쓰다듬었다. 그러면서 언뜻 슬픈 표정을 짓기도 했다. 그때 에밀리가 소리를 지르며 탑손과 나한테 달려왔다.

"이렇게 될 줄 알았어. 이렇게 될 줄 알았다고. 마침내 기도가 이루어졌어. 더 이상 너희가 마차를 끌지 않아도 된대. 병원을 골짜기 안쪽으로 옮길 거래. 거기서 대규모 전투가 벌어지는데, 군인 아저씨들도 그곳으로 간다는 거야. 하지만 너희를 데려가지는 않을 거래. 마음씨 좋은 의사 선생님이 할아버지한테 마차와 음식만 가져가고 너희는 여기 남아도 좋다고 말했어. 할아버지하고 내가 겨우내 너희를 보살핀 것에 대한 일종의 보답이라는 거야.

군대에서 다시 필요할 때까지 농장에 남아도 좋대. 너희를 찾는 일은 없을 거야. 만약 그런 일이 생기면 내가 너희 둘 다 감출 거야. 군인 아저씨들이 너희를 데려가지 못하게 할 거라고. 그렇죠, 할아버지? 절대로 못 데려갈 거예요."

에밀리가 말했다.

길고 슬픈 작별 인사를 뒤로하고 호송단이 먼지로 뒤덮인 도로를 따라 걸음을 옮겼다. 탑손과 나는 누구의 방해도 받지 않고 에밀리와 할아버지 곁에 남아 평화로운 분위기를 즐겼다. 그런데 평화는 감미롭지만 그리 오래가지는 않았다.

나는 기꺼운 마음으로 다시 한 번 농장에서 일하는 말로 돌아왔다. 나와 탑손은 바로 다음 날부터 나란히 마구를 차고 건초를 자르고 뒤집는 일을 했다. 첫날 들판에서 긴 하루를 보낸 뒤 에밀리는 할아버지한테 탑손과 나에게 너무 벅찬 일을 시킨다고 따졌다. 그러자 할아버지가 에밀리의 어깨에 손을 얹고 말했다.

"네가 몰라서 하는 소리란다. 말들은 일하는 걸 좋아하고, 또 일을 해야만 해. 더구나 우리가 살 수 있는 길은 전처럼 일하는 것뿐이야. 군인들은 이제 떠났고, 열심히 일하고 있으면 전쟁이 끝날지도 몰라. 너와 나는 살던 대로 살아야만 한단다. 건초를 베고, 사과를 따고, 논밭을 갈아야 하고. 내일을 생각하지 않고 살 수는 없어. 먹어야 사는데 음식은 땅에서 나오는 거잖니. 살기 위해서는 땅을 가꿔야 하고, 그러려면 이놈들이 필요한 거야. 신경쓰지 않아도 돼. 애들은 일하는 걸 좋아하니까. 자 봐, 애들이 불행한 것 같니?"

구급 마차를 끌다 건초 뒤집는 기계를 끄는 건 그리 어려운 일이 아니라서 탑손은 쉽게 적응했다. 나도 농장 일이라면 데본의 농장을 떠난 뒤 다시 하고 싶어 간절히 바라던 것이었다. 나는 다시 행복하게 일했다. 나를 보살펴 주는 에밀리와 할아버지의 얼굴에서 웃음이 끊이질 않았다. 탑손과 나는 진지하게 수확물을 거둬들였다. 탑손과 내가 무거운 건초를 실은 짐마차를 끌고 헛간으로 가면 에밀리와 할아버지가 건초를 내렸다. 에밀리는 애정 어린 눈빛으로 탑손과 나를 쳐다보았다. 우리가 긁히거나 멍이 들면 즉시 치료해 주었다. 할아버지도 탑손과 내가 너무 오랫동안 일하지 않도록 했다. 하지만 다시 찾아온 농가의 평화로운 생활은 그리 오래 가지 않았다.

건초를 거의 다 모은 어느 날 저녁 독일군이 다시 찾아왔다. 탑손과 나는 마구간에서 군인들이 줄을 지어 빠른 걸음으로 조약돌이 깔린 길을 행군하면서 내는 마차바퀴와 말발굽 소리를 듣고 있었다. 말 여섯 필마다 무거운 대포 한 문씩이 연결되어 있었다. 말들은 줄에 묶인채 힘겹게 걸으면서 숨을 헐떡거렸다. 말에 올라탄 군인들은 회색 모자를 쓰고 있었는데 하나같이 엄하고 모질어 보였다. 나는 이 군인들이 몇 주 전에 탑손과 나를 놔두고 떠난 다정한 위생병들이 아니라는 걸 금방 알아차렸다. 군인들의 얼굴은 낯설고 사나워 보였고, 눈빛은 불안하면서도 뭔가를 집요하게 찾는 것 같았다. 소리를 내어 웃거나 얼굴 가득 미소를 짓는 병사는 없었다. 전에만난 군인들과는 전혀 다른 종류의 사람들이었다. 단지탄약을 실은 마차를 모는 늙은 병사 혼자 탑손과 나를 쓰다듬고 에밀리한테 다정하게 말을 했다. 포병 부대 군인들은 할아버지와 짤막하게 이야기를 나누고는 그날 밤풀밭에서 야영을 했다. 탑손과 나는 다른 말들이 도착하는 걸 보고 흥분했다. 그래서 저녁 내내 머리를 마구간

문 밖으로 내밀고 말들을 불렀다. 하지만 말들은 너무 피곤해서인지 대답을 하지 않았다. 에밀리는 그날 저녁 군인들에 관해 이야기해 주었다. 속삭이듯 이야기하는 걸로 봐서 걱정이 많아 보였다.

"할아버지는 오늘 온 군인들을 좋아하지 않아. 장교를 믿을 수 없대. 그 장교의 눈이 장수말벌처럼 생겼는데, 장수말벌은 믿을 수 없다는 거야. 하지만 군인들은 내일 아침에 떠날 거고, 그러면 다시 우리끼리 지낼 수 있을 거야."

하늘에 어둠이 아직 남아 있는 다음 날 아침 방문객 한 사람이 일찍 우리 마구간을 찾았다. 얼굴이 창백하고 야윈 남자였다. 남자는 먼지투성이 군복을 입은 채 문 너머로 탑손과 나를 자세히 살폈다. 철제 안경을 쓴 눈은 탑손과 나를 뚫어지게 쳐다보느라 튀어나올 것만 같았다. 군인은 탑손과 나를 한참 바라보고 나서 고개를 끄덕였다. 그리고 이삼 분 정도 서 있다가 마구간을 빠져나갔다.

날이 밝자 포병들이 마당에 정렬을 하고 떠날 차비를 했다. 농가의 문을 요란하게 두드리는 소리가 계속 들리

자 잠옷 차림의 에밀리와 할아버지가 마당으로 걸어 나
왔다.

"귀하의 말들은……."

안경을 낀 장교가 단조로운 말투로 말했다.

"영감의 말들을 데려가야겠소. 말이 네 마리밖에 안
되는 팀이 한 팀 있어 두 마리가 더 필요하오. 저놈들은
무척 튼튼해 보이니 금방 배울 거요. 우리가 데려가겠
소."

"하지만 말들이 없으면 농장 일을 어떻게 하라고요?
저놈들은 농장에서 일하는 말입니다. 무거운 대포를 끌
지 못한다고요."

할아버지가 말했다.

"영감, 지금은 전쟁 중이고 대포를 끌 말이 필요하오.
저놈들을 데려가야겠소. 영감이 농장을 어떻게 꾸려 가
든 그건 영감의 문제요. 하지만 나는 저놈들이 꼭 있어야
겠소. 군대에 필요하단 말이오."

장교가 말했다.

"안 돼요. 쟤들은 제 말이에요. 데려갈 수 없어요. 할
아버지 좀 말려 주세요. 군인 아저씨들이 말들을 데려가

지 못하도록 해 주세요."

에밀리가 말했다.

할아버지는 슬픈 표정을 한 채 어깨를 으쓱하더니 조용히 말했다.

"애야, 어쩔 수 없구나. 군인들한테 뭘 할 수 있겠니? 낫이나 도끼라도 들고 덤벼들기라도 하라는 거니? 아냐. 언젠가 이런 일이 벌어질 거라는 걸 알고 있었잖아. 몇 번이고 상상하며 이야기했잖니. 언젠가 저 말들이 우리 곁을 떠나리라는 걸 알고 있었어. 나는 군인들 앞에서 눈물을 보이기 싫구나. 너도 오빠처럼 명예를 소중하게 생각하는 강인한 아이니까 군인들 앞에서 약한 모습을 보이지 않았으면 좋겠구나. 에밀리, 가서 말들한테 작별 인사를 하고 오렴. 태연하게, 알았지?"

에밀리는 탑손과 나를 마구간 뒤로 데려가 고삐를 벗겨 주었다. 그리고 밧줄에 걸리지 않도록 조심스럽게 갈기를 빗겨 주었다. 에밀리는 팔을 뻗어 탑손과 내 몸을 쓰다듬은 뒤 머리를 번갈아 대며 작은 소리로 흐느꼈다.

"돌아와. 꼭 돌아와. 너희가 돌아오지 않으면 나는 죽을지도 몰라."

에밀리는 눈가를 훔치고 머리카락을 뒤로 쓸어 올리고 나서 방문을 열었다. 그리고 탑손과 나를 마당으로 데리고 갔다. 장교가 서 있는 곳으로 똑바로 걸어간 뒤 고삐를 넘겼다.

"꼭 돌려주세요. 이 말들은 빌려 드리는 거예요. 제 말들이에요. 제 거라고요. 잘 먹이고 잘 보살펴서 꼭 돌려주세요."

에밀리는 무서울 정도로 단호하게 말했다.

그러고 나서 뒤 한 번 돌아보지 않고 할아버지 곁을 지나 집으로 들어갔다.

나는 탑손과 함께 탄약을 실은 마차를 따라 끌려가면서 뒤를 돌아보았다. 할아버지가 마당에 서 있었다. 할아버지는 눈물을 흘리면서도 웃음 띤 얼굴로 손을 흔들었다. 그때 누군가 내 목의 밧줄을 홱 잡아당겨 빠른 걸음으로 걷게 했다. 짐마차에 밧줄로 묶여 내 의지와 상관없이 끌려가던 때가 떠올랐다. 하지만 이번에는 내 곁에 탑손이 있었다.

12장

에밀리와 보낸 몇 달 동안의 시간이 더 한가롭게 느껴지는 건 그동안 탑손과 내가 견딘 모질고 가혹한 시간과 대조를 이루었기 때문인지도 몰랐다. 아니면 전쟁이 점점 심각해졌기 때문일 것이다. 이제 대포들은 몇 미터 간격을 두고 길게 배치되어 있었고, 대포 소리 또한 엄청나게 커서 내가 서 있는 땅 밑이 흔들릴 정도였다. 부상병들도 꼬리를 물었고, 진지 뒤의 마을은 폐허로 변했다.

일은 구급 마차를 끌 때보다 힘들지 않았다. 하지만

이제 더 이상 매일 밤 마구간에서 묵을 수 없었다. 또 에밀리처럼 의지할 수 있는 보호자도 없었다. 갑자기 전쟁이 우리 곁으로 바짝 다가선 것만 같았다. 탑손과 나는 전투의 무시무시한 소음과 악취 한가운데로 다시 돌아왔다. 대포를 끌고 진창길을 가기도 했다. 군인들은 우리 몸 상태는 아랑곳하지 않고 원하는 곳까지 대포를 끌고 가는 일에만 관심을 갖고 우리를 재촉하며 채찍질까지 했다. 잔인한 사람이라서가 아니라 무서운 충동에 사로잡혀서 그런 것 같았다. 군인들은 다른 사람이나 말들에게 애정이나 관심을 가질 시간이나 여유가 없었다.

식량이 점점 부족해졌다. 다시 겨울이 되면서 가끔 옥수수를 배급받았지만 건초도 많이 부족했다. 탑손과 나는 차례로 체중이 줄고 건강 상태가 나빠졌다. 동시에 전투는 점점 더 격렬해지고 길어졌다. 탑손과 나는 더 오래, 더 힘들게 대포를 끌어야만 했다. 몸이 계속 욱신거리고 추웠다. 하루가 끝날 때가 되면 추위에 떨어야 했고, 온몸이 진흙투성이였다. 진흙 때문에 추위가 뼛속까지 스며들었다.

종류가 다른 말 여섯 마리가 모여 한 팀을 이루었다.

탑손과 내가 합류한 팀에서 대포를 끌기에 적합한 키와 힘을 가지고 있는 말은 한 마리뿐이었다. 하이니라고 부르는 몸집이 큰 그 말은 주위에서 어떤 일이 벌어지더라도 침착했다. 팀의 나머지 말들은 모두 하이니의 행동을 본받으려고 했지만 늘 탑손만이 성공했다. 하이니와 탑손이 맨 앞에서 달렸고 나는 탑손의 뒤를 쫓았다. 내 옆자리는 털이 빳빳하고 몸집이 작고 야윈 코코의 차지였다. 코코의 얼굴에는 하얀 반점이 있어 우리 곁을 지나가는 군인들이 그 모습을 보고 즐거워하곤 했다. 하지만 코코는 재미있는 말이 아니었다. 내가 만난 말 가운데 가장 성질이 나빴다. 코코가 사료를 먹고 있을 때는 말이고 사람이고 물리거나 발길질을 당할 수 있기 때문에 가까이 갈 엄두를 내지 못했다. 내 뒤에는 옅은 황갈색 갈기와 꼬리를 가진 코코보다 더 작은 암갈색 조랑말 한 쌍이 있었다. 이 조랑말들을 구분할 수 있는 사람은 없었다. 군인들도 조랑말들의 이름을 부르지 않고 '황금빛 하플링거 한 쌍'이라고만 불렀다. 조랑말들은 귀엽고 늘 다정했기 때문에 포병들의 관심은 물론 사랑까지 받았다. 폐허로 변한 마을을 지나 전선으로 달려가느라 지친 군인들한테 어울리지는 않았지만 기운을 북돋아 주는 구경거리였다. 조랑말들도 우리처럼 열심히 일했는데, 몸집은 작아도 체력만큼은 다른 말들에 뒤지지 않았다. 하지만 천천히 달릴 때는 방해가 되었다. 우리의 속도를 늦추고 팀의 리듬을 망쳐 놓았다.

그렇지만 이상하게 처음으로 쇠약한 증세를 보인 말은 몸집이 큰 하이니였다. 발이 파묻히는 차가운 진창과 사료가 부족했던 지독한 겨울을 지나며 하이니의 커다란 몸은 몇 달 새에 초라하게 바싹 여위고 말았다. 그러나 나는 군인들이 내 자리를 맨 앞에 있는 탑손 옆으로 옮겨 속으로는 기분이 좋았다. 하이니는 어린 코코 옆으로 자리를 옮겼다. 그래서 이제 코코는 힘을 안 쓰려야 안 쓸 수 없게 되었다. 하이니와 코코는 재빨리 내리막길을 내려갔다. 둘은 편평하고 딱딱한 땅에서 강했지만 우리는 편평한 곳으로 다니지 않았다. 하이니와 코코는 팀에 별 도움이 되지 않았고, 오히려 나머지 말들을 더 힘들게 했다.

우리는 등골이 오싹할 정도로 차가운 진창에 빠진 채매일 밤을 보내야 했다. 탑손과 나는 기병대에서 처음 겨울을 보낼 때보다 몸 상태가 훨씬 나빠졌다. 그때만 해도 말 한 마리 한 마리마다 최선을 다해 돌보고 위로해 주는 기병들이 있었는데, 지금은 대포의 성능이 무엇보다 중요했기 때문에 우리는 대포보다 훨씬 못한 존재가 되고 말았다. 단지 일만 하는 말일 뿐이었다. 포병들은 지치고 배가 고파 얼굴이 창백했다. 포병들한테 가장 중요한 문제는 어떻게든 살아남는 것이었다. 탑손과 내가 농장에서 끌려오던 첫날 다정했던 늙은 포병만이 가끔 시간을 내어 우리와 함께 지냈다. 늙은 포병은 흑빵 몇 조각을 건네주었고, 동료 군인들보다 우리하고 더 많은 시간을 보냈다. 어떻게든 동료 군인들을 피하려는 것 같았다. 키가 작고 너저분한 차림의 통통한 남자였는데, 연신 싱글벙글 웃으며 혼잣말을 했다.

우리가 음식을 충분히 먹지 못하고 계속 찬바람을 맞으며 힘들게 일만 한 결과가 명백하게 드러났다. 다리 아래쪽에 털이 자라는 말이 없었고, 가죽 아래로는 상처투성이였다. 몸집이 작고 다부진 조랑말들도 건강 상태가 안 좋아지기 시작했다. 나도 다른 말들처럼 걸을 때마다 참기 어려울 정도로 아팠다. 특히 무릎에서 아래쪽으로 심하게 금이 간 앞다리가 고통스러웠다. 우리 팀에서 절뚝거리지 않는 말은 없었다. 수의사들은 우리를 정성껏 돌보았다. 인정없는 포병들도 우리 몸 상태가 악화되는 걸 보며 불안해하는 것 같았다. 하지만 진창이 사라질 때까지는 어쩔 도리가 없었다.

수의사는 포기한 듯 머리를 절레절레 흔들었다. 그러고는 말들이 쉬면서 건강을 회복할 수 있게 했다. 하지만 독일군은 수의사의 진찰 결과에 따라 건강이 크게 악화된 말들을 끌고 가서 총으로 쏴 죽였다. 어느 날 아침, 하이니도 그런 운명을 맞이했다. 우리는 비참한 몰골을 한 채 진창에 누워 있는 하이니를 지나쳐 갔다. 목에 포탄 파편을 맞은 코코도 도로 옆에서 최후를 맞이했다. 심술궂은 코코를 싫어하기는 했지만 꽤 오랫동안 함께 대포를 끌던 동료가 도랑에 버려지는 걸 보니 불쌍하고 무서웠다.

어린 조랑말들은 겨울 내내 우리와 함께 지냈다. 조랑말들은 등에 힘을 주면서 대포를 끌었다. 조랑말들은 온순하고 다정했고, 용감하기는 해도 공격적이지 않았다. 탑손과 나는 조랑말들을 끔찍이 좋아하게 되었다. 그러자 조랑말들도 우리가 주는 호의와 친절에 기꺼이 믿고 따랐다.

　대포를 끄는 게 예전보다 힘들어졌다고 느끼면서 처음으로 탑손이 약해졌다는 걸 알아차렸다. 탑손과 나는 작은 개울을 건너고 있었는데, 대포 바퀴가 진창에 빠지고 말았다. 나는 재빨리 탑손을 쳐다보았다. 그런데 탑손이 갑자기 괴로워하면서 힘겹게 걸음을 옮겼다. 탑손의 눈은 고통스럽다고 말하고 있었다. 나는 더 힘차게 대포를 끌어 탑손이 덜 힘들게 했다.

　비가 억수같이 퍼붓던 그날 밤, 나는 진창에 누워 있는 탑손을 내려다보았다. 탑손은 여느 때처럼 배를 깔고 누워 있는 대신 다리를 뻗고 옆으로 누워 있었는데, 발작적으로 기침을 할 때마다 몸을 흔들며 머리를 들어 올렸다. 탑손은 밤새 기침을 했고 조각 잠을 잘 뿐이었다. 탑손이 너무 걱정스러웠다. 코로 비비고 핥으면서 탑손의 몸을 따뜻하게 해 주려고 했다. 혼자 힘들어하는 게 아니라 곁에 내가 있다는 걸 말해 주고 싶었다. 탑손은 내가 본 말 가운데 힘이나 체력이 가장 뛰어났기 때문에 충분히 병을 떨치고 일어날 거라고 생각하며 마음을 달랬다.

다음 날 아침, 탑손은 포병들이 옥수수를 배급하러 오기 전에 자리에서 일어났다. 하지만 탑손의 머리는 보통 때보다 축 처져 있었고 발걸음도 무거웠다. 쉬기만 하면 기운을 회복할 수 있을 것 같았다.

그날 수의사가 말들을 검사하면서 탑손을 유심히 살펴보았다. 수의사는 탑손의 가슴에 귀를 대고 주의 깊게 듣고 있었다.

"튼튼한 놈입니다."

안경을 낀 소령이 수의사에게 말했다. 군인과 말 들 모두 그 소령을 싫어했다.

"멋진 종이에요. 소령님, 녀석은 금방 기운을 차릴 겁니다. 대포를 끌기에는 너무 훌륭한 말이지요. 녀석을 팀에서 빼고 싶지만 대신할 말이 없겠죠? 계속 임무를 수행해야겠지만 조금 편하게 해 주십시오. 소령님, 팀을 최대한 천천히 끌고 가십시오. 그렇지 않으면 팀은 없어지고 말 겁니다. 팀이 해체되면 대포는 아무짝에도 쓸모없게 될 거예요. 그렇지 않습니까?"

"의사 양반, 다른 말들이 하면 이놈도 할 수 있소. 예외를 둘 수는 없소. 의사 양반이 합격 판정을 내리면 합

격인 거요. 그게 전부요.”

소령이 완고한 목소리로 말했다.

“예, 대포를 끌고 나가도 됩니다. 하지만 이놈을 잘 보살펴야 할 겁니다.”

수의사가 마지못해 대답했다.

“우리도 힘닿는 데까지 할 거요.”

소령이 귀찮다는 듯이 말했다. 소령의 말대로 군인들은 우리를 보살피려고 노력했다. 하지만 우리는 진창에 있어야 했고, 쉴 곳도 없고 먹을 것마저 부족해 차례로 죽어 갔다.

13장

탑손은 병 때문에 몸이 많이 약해지고 쉰 목소리로 기침까지 했지만 어쨌든 봄까지 무사히 살아남았다. 탑손과 나는 목숨을 부지했다. 땅은 단단해지고 들판에는 다시 풀이 자랐다. 우리 몸에도 살이 붙기 시작했다. 겨울 동안 거칠었던 털도 윤기가 흐르면서 햇빛을 받아 번들거렸다. 햇빛은 군인들한테도 비쳤는데, 회색과 빨간색이 섞인 군복이 말끔해 보였다. 군인들은 전보다 면도를 더 자주 했다. 그리고 매년 봄이 되면 늘 그랬듯이 전쟁이 끝나 고향으로 돌아가는 것에 대해 이야기하기 시작했다. 또 다음 공격으로 전쟁을 마무리 짓고, 가족들을 곧 다시 만나게 될 거라는 이야기도 했다. 군인들은 전보다 더 행복했기 때문에 우리한테도 잘해 주었다. 날씨가 풀리면서 사료도 좋아졌다. 우리는 새로운 열의와 의지가 생기면서 발걸음이 씩씩해졌다. 나는 다리의 통증도 사라졌고, 매일 배불리 먹었다. 봄이 되면서 풀과 귀리는 충분했다.

어린 조랑말 두 마리는 탑손과 내 뒤에서 숨을 몰아쉬며 열심히 달렸다. 탑손과 나는 조랑말들의 눈치를 보며 전속력으로 달리기 시작했다. 겨울 동안 아무리 채찍질을 해도 보여 주지 않던 모습이었다. 탑손과 나는 건강을 되찾았을 뿐만 아니라 노래와 휘파람을 부는 군인들의 낙천적인 모습을 보며 기운이 났다. 우리는 군데군데 바퀴 자국이 난 도로를 따라 대포를 끌고 가며 자리를 잡았다.

하지만 그해 여름에 전투는 벌어지지 않았다. 간간이 폭격 소리만 들릴 뿐이었다. 군인들은 서로 으르렁대며 위협할 뿐 직접 맞서 싸우고 싶어 하지 않는 것 같았다.

봄이 되면서 우리는 전선을 오르내리며 공격이 격렬해지는 소리를 듣기는 했지만, 굳이 대포를 옮길 필요는 없었다. 그해 여름에는 전선에서 멀리 떨어져 제법 평화로운 시간을 보냈다. 무성한 미나리아재비 풀밭에서 풀을 뜯어 먹으면서 따분하고 지루한 시간을 보냈다. 나는 전쟁이 시작되고 나서 처음으로 살까지 쪘다. 철도 종점에서 몇 마일 떨어진 포병대 진지까지 탄약을 끌 말로 탑손과 내가 뽑힌 건 너무 살이 쪘기 때문일 것이다. 탑손과 나를 지휘할 사람은 바로 겨울 동안 우리한테 잘해 주었던 다정한 늙은 군인이었다.

군인들은 그 늙은 군인을 미치광이 노병 프리드리히라고 불렀다. 군인들은 프리드리히가 쉴 새 없이 혼잣말을 하고, 자기만 알아들을 수 있는 농담을 하며 크게 웃기 때문에 미쳤다고 생각했다. 군인들은 하기 싫은 일이 있으면 프리드리히한테 맡겼는데, 그건 프리드리히가 시키는 일을 마다하지 않는다는 걸 알고 있었기 때문이다.

더위와 먼지와 싸우며 탄약을 실은 마차를 끄는 일은 지루하고 힘든 일이었다. 탑손과 나는 그 일을 시작한 뒤 곧 원래의 몸무게로 돌아왔고, 다시 힘이 빠지기 시작했다. 마차는 늘 너무 무거웠다. 프리드리히가 아무리 항의해도 철도 종점에 있는 군인들은 포탄을 최대한 많이 실으려 했다. 군인들은 프리드리히를 비웃고 무시하며 마차에 포탄을 실었다. 프리드리히는 마차가 얼마나 무거운지 알고 있었기 때문에 포병 진지로 돌아오는 길에 우리를 언덕 위로 끌고 가면서도 고삐를 천천히 잡아당겼다. 탑손과 나는 자주 휴식을 취했고 물을 마셨다. 프리드리히는 여름 내내 아무 일도 하지 않던 다른 말들보다 탑손과 나한테 사료를 더 많이 주었다.

탑손과 나는 매일 아침 시끌벅적한 야영지를 벗어나는 순간을 손꼽아 기다리게 되었다. 프리드리히는 마구를 채우고 탑손과 나를 싸움터에서 데리고 나갔다. 탑손과 나는 프리드리히가 전혀 미치지 않았다는 걸 알게 되었다. 프리드리히는 서로를 죽이는 전쟁을 소리 높여 반대하는 다정하고 상냥한 사람일 뿐이었다. 프리드리히는 탑손과 나와 함께 철도 종점으로 연결된 도로를 터벅터벅 걸어가면서 자기가 유일하게 바라는 건 슐라이덴에 있는 정육점으로 돌아가는 것이라고 털어놓았다. 또 혼잣말을 하는 이유는 자기를 이해하거나 자기 말에 귀를 기울이는 사람이 없기 때문이라고 했다. 혼자서 웃는 이유도 그렇게 웃지 않으면 울음을 터뜨릴 것 같기 때문이라고 했다.

"너희는 친구니까 말해 줄게. 나는 연대에서 유일하게 정신이 멀쩡한 사람이야. 미친 건 다른 사람들이지만, 정작 그들은 모르고 있지. 전쟁에 참가해 싸우면서도 왜 싸워야 하는지도 몰라. 그게 미친 거 아니니? 어떻게 사람이 다른 사람을 죽이면서 왜 그런 짓을 하는지 모를 수 있지? 상대편이 다른 색깔의 군복을 입고, 다른 언어를 사용한다는 이유만으로 말이야. 그들은 나더러 미쳤다고 하지. 너희 둘은 내가 이 어리석은 전쟁에서 만난 생명체 가운데 유일하게 이성적인 동물이야. 너희가 이곳에 있는 단 한 가지 이유도 나처럼 끌려왔기 때문이겠지. 용기만 있다면 이 길로 도망가 다시는 안 돌아올 텐데. 하지만 그렇게 되면 군인들이 나를 잡아 총으로 쏴 죽일 테고, 아내와 아이들과 부모님은 평생 수치스럽게 살아야 할 거야. 난 미치광이 노병 프리드리히로 행세하며 어떻게든 이 전쟁에서 살아남을 거야. 그래야 다시 슐라이덴으로 돌아가 이 혼란이 시작되기 전에 모든 사람이 인정하고 존경했던 정육점 주인 프리드리히로 돌아갈 수 있어."

몇 주일이 지나면서 프리드리히가 탑손을 특히 더 좋아한다는 게 분명해졌다. 프리드리히는 탑손이 아팠다는 걸 안 뒤부터 더 많은 시간을 들여 탑손을 보살폈다. 탑손의 작은 상처가 더 커져 생활이 불편해지지 않도록 했다. 나한테도 자상했지만 탑손을 대하는 것만큼은 아니었다. 프리드리히는 애정과 감탄의 눈빛으로 탑손을 물끄러미 바라보곤 했다. 탑손을 보며 감정 이입을 하는 것 같았다.

여름이 느리게 지나고 가을이 찾아왔다. 프리드리히와 함께 지낼 수 있는 시간이 끝나 가고 있었다. 프리드리히는 탑손을 너무 좋아해 가을 출정 전에 실시하는 포병대 훈련에 자진해서 탑손을 타고 참가했다. 포병들은 프리드리히를 비웃었지만 솜씨 좋은 기수는 늘 부족했고, 프리드리히가 뛰어난 기수라는 걸 부정하는 사람은 없었다. 이렇게 해서 프리드리히는 나와 맨 앞에 서서 나란히 달리는 탑손의 등에 올라타게 되었다. 탑손과 나는 마침내 진정한 친구를 사귀게 되었다. 프리드리히라면 무조건 믿을 수 있었다.

그러던 어느 날, 프리드리히가 탑손에게 마음속 이야기를 털어놓았다.

"집을 떠나 이곳에서 죽어야 한다면 너희 곁에서 죽고 싶어. 하지만 우리 모두 살아서 집으로 돌아갈 수 있도록 최선을 다할 거야. 약속할게."

14장

그해 가을, 다시 전쟁터로 나가게 되었을 때 프리드리히가 탑손과 나를 몰았다. 포병대 군인들은 한낮에 커다란 밤나무 아래 그늘에서 쉬고 있었다. 밤나무는 은빛으로 반짝이는 강가에 있었고, 강에는 웃으며 물장난을 하는 군인들이 가득했다. 탑손과 나는 나무를 지나 대포를 풀어 놓았다. 숲에도 군인들이 많았는데, 철모와 배낭과 소총을 옆에 놔두고 휴식을 취하고 있었다. 군인들은 나무에 기대앉아 담배를 피우거나 바닥에 누워 자고 있었다.

예상한 대로 군인들이 금빛 조랑말 두 마리에게 다가와 장난을 쳤다. 하지만 젊은 군인 한 명은 탑손에게 다가오더니 감탄스러운 표정을 감추지 못하고 멍하니 바라보았다.

"이 말 좀 봐. 칼, 이렇게 근사한 동물 본 적 있어? 머리로 봐서는 아랍종이야. 다리는 영국산 서러브레드종처럼 잘 달릴 것 같고, 등과 목은 하노베리안종처럼 힘이 넘쳐."

젊은 군인은 친구를 부르며 말하더니 팔을 뻗어 탑손의 코를 부드럽게 쓰다듬었다.

"루디, 너는 말 생각밖에 안 하지? 너를 안 지 삼 년이나 됐는데, 단 하루도 말 이야기를 하지 않은 적이 없어. 농장에서 말과 함께 자랐다는 건 알아. 하지만 말한테서 도대체 뭘 보는 건지 이해를 못 하겠어. 다리 네 개, 머리 하나, 꼬리 하나가 달린 동물일 뿐이잖아. 말은 사료와 물밖에 생각하지 못하는 엄청나게 작은 두뇌로 움직이는 동물이야."

젊은 군인의 친구가 탑손과 멀찌감치 떨어진 채 말

했다.

"어떻게 그렇게 말할 수 있어? 칼, 이 말을 좀 봐. 특별하다는 생각이 안 들어? 여느 늙은 말하고는 달라. 눈에 기품이 있어. 당당하고 차분하잖아. 많은 사람이 노력은 하지만 이루어 낼 수 없는 모습이란 말이야. 말에는 성스러운 기운이 깃들어 있어. 특히 이런 말이 그렇지. 하느님이 말을 창조한 바로 그날 신성한 기운을 불어넣은 거야. 그리고 이 지겨운 전쟁 한복판에서 이런 말을 만난다는 건 두엄 더미에서 나비를 만나는 것과 마찬가지야. 이 창조물은 다른 세상에서 온 거야."

루디가 말했다.

전쟁이 계속되면서 군인들이 점점 어려지는 것 같았다. 루디도 예외가 아니었다. 철모를 써서 축축하게 젖은 짧은 머리카락을 보니 내가 기억하는 앨버트하고 나이가 비슷할 것 같았다. 철모를 쓰지 않은 모습은 군복을 입혀 놓은 어린아이처럼 보였다.

프리드리히가 물을 마시게 하려고 탑손과 나를 강으로 데려갈 때 루디와 칼도 함께 갔다. 탑손은 내 옆에서 머리를 강물에 담그고 보통 때처럼 세차게 흔들었다. 내 얼굴과 목에 물을 튀겨 열을 식혀 주려는 행동이었다. 탑손이 강물을 깊이 들이마시고 나자 나는 탑손과 강가에 서서 잠깐 동안 강에서 떠들고 장난치는 군인들을 지켜보았다. 숲으로 나 있는 언덕은 가파르고 바퀴 자국이 많았기 때문에 탑손이 한두 번 비틀거릴 때도 별로 놀라지 않았다. 탑손은 나처럼 발을 단단히 딛고 서지는 못했지만 균형을 잡고 내 옆에서 터벅터벅 걸어 언덕까지 올라갔다. 하지만 나는 탑손이 지치고 굼뜨게 걷는다는 걸 눈치 챘다. 언덕을 올라가며 한 걸음씩 내딛을 때마다 점점 더 힘들어 했다. 탑손의 호흡이 갑자기 가빠졌다. 나무 그늘에 거의 다 왔을 때 탑손은 무릎을 꿇고 쓰러진 뒤 다시 일어나지 못했다. 나는 잠깐 멈추어 서서 탑손이 일어나길 기다렸지만 탑손은 몸을 일으키지 못했다. 그 자리에 누워 거친 숨을 몰아쉬며 머리를 들어 나를 쳐다볼 뿐이었다. 도와 달라고 애원하고 있었다. 탑손의 눈을 보면 알 수 있었다. 탑손은 얼굴이 땅바닥을 향한 채 엎어졌다가 머리를 옆으로 한 번 돌리고는 이내 잠잠해졌다. 탑손의 혀가 입에서 축 늘어져 나왔다. 눈길이 나를 향하고 있었는데, 나를 보는 건 아니었다. 나는 탑손이 깨어

나도록 머리를 숙여 코로 탑손의 목을 미친 듯이 밀쳤다. 하지만 탑손이 죽었다는 걸 본능적으로 알 수 있었다. 가장 친한 친구를 잃은 것이다. 프리드리히는 탑손 옆에 무릎을 꿇고 앉아 탑손의 가슴에 귀를 갖다 댔다. 그러고 나서 일어나 앉으면서 고개를 좌우로 흔들더니 주위에 몰려든 군인들을 쳐다보았다.

"죽었어. 어이없게 죽었어."

프리드리히는 처음에는 나지막하게 말했지만 점점 화를 내며 목소리를 높였다.

프리드리히의 얼굴이 슬픔에 일그러졌다.

"왜? 왜, 이놈의 전쟁은 멋지고 아름다운 것들을 모두 앗아 가는 거야?"

프리드리히가 말했다.

프리드리히는 양손으로 자신의 두 눈을 감쌌다. 루디가 천천히 프리드리히를 일으켰다.

"할아버지가 할 수 있는 일은 없어요. 이 말은 좋은 곳으로 갔을 거예요. 그만 일어나세요."

루디가 말했다.

하지만 프리드리히는 일어나려고 하지 않았다. 나는

다시 한 번 바닥에 누워 있는 탑손한테 고개를 돌려 입술로 핥고 코로 문질러 주었다. 탑손이 죽었다는 건 알았지만 슬픔에 잠긴 나는 탑손 옆에 머물며 위로해 주고 싶었다.

수의 장교는 탑손이 쓰러졌다는 소식을 듣고 장교와 사병들과 함께 언덕으로 왔다. 그러고는 간단한 검사를 한 뒤 탑손이 죽었다고 말했다.

"이렇게 될 줄 알았어. 전에도 말했잖아. 견뎌 낼 수 없었던 거야. 줄곧 지켜봤어. 사료도 제대로 배급받지 못한 상태에서 너무 힘들게 일하며 겨울을 이겨 낸 거야. 그나마 이 말이니까 이렇게 오래 버틴 거라고. 심장마비로 죽다니 불쌍한 녀석. 이런 일을 볼 때마다 화가 나. 말들을 이렇게 대하면 안 되는데……. 말들은 기계보다도 못한 신세야. 이 말은 내 친구였어."

프리드리히는 혼잣말을 하다시피 했다.

프리드리히가 탑손 옆에 무릎을 꿇고 앉아 마구를 치웠다. 군인들이 탑손을 둘러싸고 숨을 죽인 채 탑손을 내려다보았다. 군인들은 슬픔에 잠긴 채 탑손에 대한 존경심을 나타냈다. 오랫동안 탑손을 알았고, 탑손은 군인들에게 삶의 한 부분이었기 때문이다.

우리가 언덕 중턱에 말없이 서 있었을 때 포탄이 머리 위로 날아가며 휘파람 소리를 냈다. 강물에 떨어지면서 첫 번째 폭발이 일어났다. 갑자기 숲은 고함치며 달려가는 군인과 주위에 떨어지는 포탄 때문에 혼란스러웠다. 강물 속에서 반쯤 발가벗고 비명을 질러 대던 군인들이 나무들 사이로 도망쳤는데, 포탄이 군인들을 쫓아갔다. 나무가 쓰러지고, 말과 군인 들은 숲에서 빠져나와 산마루로 달렸다.

나도 처음에는 포탄을 피할 곳을 찾아 군인들과 함께 움직였다. 하지만 탑손이 내 앞에 죽은 채 누워 있었다. 탑손을 두고 떠날 수는 없었다. 프리드리히는 어서 따라오라고 고함과 비명을 지르며 나를 힘껏 잡아당겨 산마루 아래로 데려가려 했다. 하지만 꼼짝도 하지 않는 말을 움직일 수는 없었다. 나는 그곳을 떠나고 싶지 않았다. 포격이 점점 격렬해지면서 군인들이 떼를 지어 언덕을 올라가 자취를 감추자 프리드리히만 혼자 남았다. 프리드리히도 고삐를 집어 던지고 도망치려고 했다. 하지만 떠나기에는 행동이 너무 느렸고 때도 너무 늦었다. 프리드리히는 숲 속에 들어가지 못했다. 탑손에게서 몇 발자국 떨어지지 않은 곳에서 포탄을 맞아 언덕에서 굴러 탑손 옆에 쓰러졌다. 내가 마지막으로 본 건 조랑말 두 마리의 하얀 갈기가 아래위로 움직이는 것이었다. 조랑말들은 나무 사이로 대포를 잡아당기느라 버둥거리고 있었다. 포병들은 조랑말의 고삐를 필사적으로 잡아당기면서 뒤에서 대포를 힘껏 밀고 있었다.

15장

그날 밤 나는 탑손과 프리드리히 옆에 있었다. 강물을 마시러 갈 때만 잠시 자리를 비웠다. 포격은 골짜기를 따라 앞뒤로 왔다 갔다 했다. 풀과 흙과 나무가 공중에서 쏟아지고, 땅에는 불타는 듯 연기를 내뿜는 커다란 포탄 구멍이 생겨났다. 하지만 하나도 두렵지 않았다. 탑손이 죽었다는 사실이 너무나 슬프고 그에 대한 내 사랑이 너무나 커서 탑손 곁을 떠날 수 없었다. 탑손을 떠나면 나는 다시 외톨이가 된다는 걸 알고 있었다. 내 옆에서 기운을 북돋아 주던 친구가 사라지는 것이다. 나는 탑손 곁에서 머물렀다.

탑손과 프리드리히가 누워 있는 곳 근처에서 풀을 뜯어 먹고 있을 때 첫 번째 불빛을 보았다. 포탄이 공기를 가르며 폭발하는 소리 사이로 날카로운 모터 소리가 들렸다. 강철이 덜거덕거리는 무서운 소리까지 들리자 나는 귀를 쫑긋 세웠다. 소리는 군인들이 사라진 산마루 너머에서 들리고 있었다. 덜거덕거리는 소리는 점점 더 가까이에서 들렸다. 포격이 완전히 잠잠해지면서 기분 나쁜 소리가 더 크게 들렸다.

처음에는 소리의 정체를 몰랐다. 하지만 새벽의 차가운 불빛을 배경으로 언덕을 넘어오는 탱크를 보았다. 덩치가 어마어마한 회색 괴물은 뒤뚱거리며 언덕의 중턱을 지나 내가 서 있는 쪽으로 다가오면서 연기를 내뿜었다. 나는 두려움에 떨며 잠시 망설이다가 탑손의 곁을 떠났다. 언덕을 지나 강으로 도망쳤다. 선 채로 건널 수 있을지 알 수 없었지만 첨벙하고 강물로 뛰어들었다. 나무가 우거진 맞은편 언덕까지 절반쯤 남았을 때 과감하게 고개를 돌려 회색 괴물이 아직 나를 따라오는지 살펴보았다. 나는 돌아본 걸 후회했다. 괴물의 수가 불어나 있었고, 나를 향해 거침없이 달려오고 있었다. 괴물들은 언덕 중턱에 누워 있는 탑손과 프리드리히를 지나쳤다. 나는 잠시 기다렸다. 나무 사이에 몸을 숨긴다면 안전할 것 같았다. 도망가기 전에 다시 한 번 고개를 돌려 탱크들이 강을 건너는 걸 바라보았다.

나는 어디로 달리고 있는지 알 수 없었다. 덜거덕거리는 무시무시한 탱크 소리가 들리지 않을 때까지 달렸다. 대포 소리도 멀어졌다. 강을 다시 한 번 건너고, 텅 빈 농가 마당을 전속력으로 달리고, 울타리와 말라 버린 도랑을 뛰어넘고, 폐허로 변한 파괴된 마을들을 말굽 소리를 내며 달렸다. 그리고 그날 저녁 짙푸르게 우거진 풀밭에서 젖은 풀을 뜯어 먹고, 자갈이 많이 깔려 있는 시내에서 맑은 물을 마셨다. 그러자 피로가 밀려들고 다리의 힘이 빠져 할 수 없이 바닥에 누워 잤다.

눈을 떴을 때는 주위가 어두웠고 다시 대포 소리가 들렸다. 내가 있는 곳이 어디인지 알 수 없었지만 하늘을 물들이는 포탄의 노란 불빛과 때때로 솟아오르는 하얀 불빛 때문에 눈이 아프고 주위가 대낮처럼 밝아지곤 했다. 어느 쪽으로 가든 대포가 있을 것만 같았다. 그냥 제자리에 있는 게 나을 것 같았다. 그나마 그곳에는 풀과 물이 충분했다.

머리 위에서 하얀 불빛이 터지고 우레와 같은 기관총 소리가 밤하늘을 갈랐다. 총알이 내 옆의 땅바닥으로 내리꽂혔다. 나는 다시 달리기 시작했고 어둠 속으로 쉬지 않고 달렸다. 몇 번이고 도랑과 울타리에 걸려 넘어지고 나서야 들판에 도착했다. 그곳은 풀도 없고 그루터기뿐이었는데, 지평선에서 불빛이 번쩍이고 있었다. 가는 곳마다 썩은 물이 고여 있는 커다란 포탄 구멍들이 나타났다.

나는 포탄 구멍을 피해 비틀거리며 걷다가 어두워 제대로 보지 못해 철조망에 앞다리가 걸려 넘어지고 말았다. 다리를 빼내려 사납게 발길질을 할수록 철조망 가시가 내 앞다리를 파고들었다. 나는 그날 밤 내내 다리를 절뚝거리며 앞쪽이라고 생각되는 방향으로 힘들게 걸음을 옮겼다. 그렇게 몇 마일을 걸었지만 어디로 가고 있는지 알 수 없었다. 통증 때문에 다리가 후들거렸다. 옆에서는 대포와 소총이 불을 뿜었다. 철조망 때문에 생긴 상처에서 피가 흘렀다. 너무 무서워 탑손이 곁에 있었으면 좋겠다고 간절히 바랐다.

'탑손이라면 이럴 때 어디로 가야 할지 알 거야.'

나는 비틀거리면서 어둠 속을 걸어갔다. 어둠이 짙을 수록 폭격을 피하기 쉬울 거라고 생각했기 때문이다. 내 뒤로 폭음과 불빛이 점점 더 격렬해지더니 짙은 어둠으로 물들어야 할 밤이 환한 대낮으로 바뀌었다. 탑손이 누워 있는 곳을 알았지만 탑손한테 돌아갈 수는 없었다. 앞쪽과 옆쪽에서 폭탄이 불을 뿜었고 멀리 어둠에 잠긴 지평선이 보였다. 나는 지평선을 향해 천천히 걸음을 옮겼다.

밤이 되면서 추워지자 부상을 당한 다리가 뻣뻣해져 다리를 들어 올리려고만 해도 아팠다. 나는 부상을 입은 앞다리로는 체중을 전혀 버텨 낼 수 없다는 걸 금방 알아차렸다. 내가 살아오면서 겪은 밤 가운데 가장 긴 밤이었다. 나는 통증과 두려움과 외로움에 밤새 시달렸다. 살아남겠다는 강렬한 본능이 있었기에 계속 걸어갈 수 있었다. 유일한 희망은 전쟁터의 소음에서 최대한 멀리 떨어지는 것이라고 생각하며 쉬지 않고 걸었다. 소총과 기관총 소리 때문에 무서워 발이 얼어붙을 때도 있었다. 놀라서 어느 쪽으로도 움직이지 못하고 있다가 총성이 멈추고 나서야 다리를 움직일 때도 있었다.

처음에는 안개가 포탄 구멍이 잠길 정도로만 깔렸다. 하지만 시간이 지날수록 짙은 가을 안개가 자욱하게 깔리더니 주위가 어렴풋하게만 보였다. 나는 앞을 볼 수 없어 멀리서 들리는 폭격 소리에 의지해 걸었다. 폭음을 등지고 계속 걸어가자 세상이 더욱 어두워지면서 고요 속에 잠겼다.

새벽이 되자 안개로 뒤덮였던 어둠이 서서히 걷혔다. 바로 내 앞에서 낮은 목소리로 다급하게 말하는 소리가 들렸다. 나는 목소리의 주인공을 찾기 위해 꼼짝도 하지 않고 귀를 쫑긋 세웠다.

"움직였어. 다시 움직였어."

안개 속에서 희미하게 목소리가 들렸다. 또 발자국 소리가 어지럽게 흩어지고 소총이 덜거덕거리는 소리도 들렸다.

"총 들어. 빨리 총 들어. 뭐 하고 있는 거야? 빨리 총 들라니까."

긴 침묵이 흘렀다. 나는 조심스럽게 목소리가 들리는

쪽으로 걸어갔다. 무섭기도 했지만 호기심도 생겼다.

"상사님, 저기 다시 나타났습니다. 분명히 보았습니다."

"그게 뭔가? 지긋지긋한 독일군들이 몽땅 나타났다는 건가, 아니면 독일군 한두 명이 아침 산책이라도 나왔다는 건가?"

"상사님, 사람은 아닌 것 같습니다. 독일군도 아닌 것 같고. 말이나 소 같습니다."

"말이나 소라고? 도대체 어떻게 완충 지대에서 그럴 수 있다는 건가? 자네 너무 잠을 못 자서 헛것을 본 거로군."

"상사님, 소리도 들었습니다. 하느님을 두고 맹세할 수 있습니다."

"글쎄, 내 눈에는 아무것도 안 보이는데. 아무것도 안 보여. 왜냐하면 실제로 아무것도 없으니까. 신경과민이야. 자네 신경과민 때문에 저 지긋지긋한 독일군들이 삼십 분이나 일찍 나타난 셈이라고. 중위님한테 이 사실을 보고하면 어떻게 될까? 중위님의 달콤한 잠을 망치게 되겠지? 말이 어른거리는 걸 봤다는 생각 때문에 존경하는

상사님과 대위님, 소령님과 여단장님 들을 모두 깨우겠
다는 건가?"

목소리의 주인공은 목청을 높이며 덧붙였다.

"런던의 스모그처럼 짙은 황색 안개가 눈앞에 펼쳐져
있어. 독일군이 우리 참호를 습격할 때까지 우리가 눈치
도 채지 못하고 있다면 그놈들이 얼마나 좋아할지 생각
해 봐. 눈을 크게 떠. 그러면 내일 아침까지 살아남아 밥
을 먹을 수 있을 거다. 조금 있으면 럼주가 배급될 거야.
그걸 마시면 기분이 한결 좋아질 거다. 하지만 그때까지
는 눈을 부릅뜨고 있어야 해."

군인이 이야기하고 있을 때 나는 다리를 절뚝거리며
걸음을 옮겼다. 총탄이나 포탄이 날아올지도 모른다는
두려운 생각에 머리부터 발끝까지 떨렸다. 나는 세상의
모든 소리에서 벗어나 혼자 있고 싶었다. 그 소리가 위
험한 것이든 아니든 말이다. 약해지고 놀란 탓에 제정신
이 아니었다. 다리가 아파 더 이상 걷지 못할 때까지 안
개 속을 헤맸다. 나는 부드러운 진흙 더미 위에서 피투
성이 다리에 의지한 채 멈추어 섰다. 옆에는 악취가 나
는 물로 채워진 포탄 구멍이 있었다. 나는 코를 킁킁거

리며 바닥을 훑었지만 풀 한 포기 없었다. 한 발자국을 더 걸을 힘이나 의지도 없었다. 다시 머리를 들어 근처에 풀이 있는지 살폈다. 그날 처음으로 모습을 드러낸 햇빛이 안개를 뚫고 내 등에 닿았다. 추위에 얼어붙었던 몸이 따뜻해졌다.

금세 안개가 걷혔다. 나는 그제야 폐허로 변한 진흙길에 내가 서 있다는 걸 알았다. 양쪽으로 끝이 보이지 않는 커다란 철조망이 설치되어 있었는데, 철조망은 내 앞뒤로 길게 뻗어 있었다. 전에 가 본 적이 있는 곳이었다. 탑손과 나란히 짐을 싣고 지나가던 곳이었다. 군인들은 그곳을 '완충 지대'라고 불렀다.

16장

진지를 따라 좌우에서 들리던 소음과 웃음소리가 점점 사라졌다. 누군가 소리를 질러 대며 명령을 내리자 군인들이 머리를 숙이고 총도 쏘지 않았다. 작은 언덕 위에 올라 있던 나는 이따금씩 철모를 흘끗 보았는데, 내가 들은 목소리가 진짜 사람이라는 확신을 갖게 되었다. 음식을 요리하는 달콤한 냄새가 바람에 실려 왔고, 나는 코를 들이대 냄새를 맡았다. 그때까지 내가 먹어 본 그 어떤 사료보다 냄새가 더 좋았다. 짭짜름한 냄새가 묻어나기도 했다. 나는 처음에 한쪽 진지로 마음이 끌렸다가 따뜻한 음식을 먹을 수 있으리라는 기대에 다른 쪽 진지로 방향을 바꿨다. 하지만 진지로 다가서자 철조망이 나를 가로막았다. 철조망은 사람이나 말이 빠져나오지 못하게 감겨 있었다. 내가 가까이 가자 군인들이 진지 밖으로 머리를 쑥 내밀고 어서 오라고 손짓하며 환호성을 질렀다. 이번에는 철조망 때문에 할 수 없이 돌아서 완충 지대를 지나 맞은편으로 갔는데, 그곳에 있던 다른 군인들도 휘파람을 불고 박수를 치면서 나를 환영했다. 하지만 철조망을 뚫고 지나갈 수는 없었다. 나는 그날 아침에 완충 지대를 몇 번이고 왔다 갔다 하면서 꽤 오랜 시간을 보내야만 했다. 모든 게 말라 버린 황무지에도 오래된 포탄 자국 가장자리에 보잘것없는 풀들이 축축하게 젖은 채 자라고 있었다.

　나는 풀을 발견하고는 마지막 한 포기까지 뜯어 먹느라 정신이 없었다. 곁눈질로 보니 회색 군복을 입은 남자 한 명이 머리 위로 하얀 깃발을 휘날리며 진지에서 기어 올라오고 있었다. 군인은 철조망을 능숙하게 잘라 낸 뒤 옆으로 젖혔다. 그러자 맞은편에서 고함을 지르고 웅성

거렸다. 얼마 안 있어 맞은편 진지에서도 철모를 쓰고 카키색 군복을 입은 키 작은 군인이 완충 지대로 기어올랐다. 키 작은 군인도 한 손에 하얀 손수건을 들고 철조망을 빠져나오기 시작했다.

철조망에 작은 구멍을 내고 먼저 빠져나온 건 독일군이었다. 독일군은 걸어오는 내내 큰 소리로 나를 부르며 천천히 완충 지대를 건너왔다. 나는 그 독일군을 보자 프리드리히가 생각났다. 백발의 독일군은 프리드리히처럼 너저분하고 군복의 단추를 풀어 헤치고 있었다. 하지만 목소리는 다정했다. 거리가 멀어 모습이 흐릿하게 보였지만 한 손은 밧줄은 들고 있고, 다른 손은 오므린 채 나에게 내밀고 있었다. 나는 기대에 부풀어 다리를 절뚝거리면서 조심스럽게 걸어갔다. 이제 양쪽의 진지에는 갈채를 보내는 군인들이 줄지어 난간에 기대서서 머리 위로 철모를 흔들고 있었다.

"여기!"

뒤쪽에서 들리는 고함 소리가 하도 다급해 그 자리에 멈추었다. 카키색 군복 차림의 키 작은 군인이 완충 지대를 재빨리 건너왔다. 키 작은 군인은 하얀 손수건을 머리 위로 높이 들었다.

"어디 가? 잠깐 기다려. 그쪽으로 가면 안 돼."

두 사람이 별로 달라 보이지는 않았다. 회색 군복을 입은 사람이 키가 더 컸는데, 가까이 왔을 때 보니 나이가 들어 얼굴에는 주름투성이였다. 군복을 제대로 갖춰 입지 않은 그 군인은 모든 게 느리고 부드러웠다. 철모 대신 빨간 띠를 두르고 챙이 없는 모자를 머리 뒤쪽에 아무렇게나 걸치고 있었다. 카키색 군복을 입은 키 작은 군인도 숨을 헐떡이며 도착했다. 키 작은 군인은 발그레하고 아직 솜털이 가시지 않은 얼굴이었다. 키 작은 군인은 가장자리가 넓고 둥근 철모를 한쪽 귀에 비스듬하게 걸치고 있었다. 긴장되는 침묵의 시간이 흘렀다. 두 사람은 경계하는 눈빛으로 서로를 바라보며 아무 말도 하지 않고 몇 미터 간격을 두고 서 있었다. 침묵을 깨고 먼저 입을 연 건 카키색 군복을 입은 젊은 군인이었다.

"우리가 뭘 하고 있는 거지? 사람은 둘인데 말은 한 마리야. 솔로몬 왕은 이럴 때 해결책이 있었지. 하지만 지금은 아니야. 그리고 더 큰 문제는 내가 독일어를 한마디도 못 한다는 거야. 보아하니 내 말을 알아듣지 못하는 것 같은데, 맞지? 제기랄, 여기 나오지 말았어야 했는데. 뭐가 나타날지 몰랐어. 진흙투성이의 늙은 말이 나타날 거라고는 생각도 못 했어."

젊은 군인이 독일군을 올려다보며 내 쪽으로 걸어오면서 말했다.

"서툴지만 나는 영어를 조금 할 수 있네."

나이 든 군인이 손으로 컵 모양을 만들어 내 코 밑에 대고 말했다. 손바닥에는 흑빵 부스러기들이 가득했다. 흑빵은 익숙한 음식이었지만 내 입에는 썼다. 하지만 그때는 너무 배가 고파서 가리고 말고 할 것도 없었다. 나이 든 군인이 이야기하고 있는 동안 손바닥의 흑빵 조각들을 말끔히 해치웠다.

"학생들처럼 영어를 조금밖에 못 해. 하지만 그걸로 충분할 것 같군. 내가 여기 먼저 왔으니까 이 말은 내 거야. 영국인들이 즐긴다는 크리켓의 경기 방식만큼이나 공정하지 않아?"

나이 든 군인은 이야기하는 동안 슬그머니 내 목에 밧줄을 걸었다.

"크리켓! 크리켓이라고? 도대체 누가 웨일스 사람들

이 야만적인 경기를 한데? 그건 시시껄렁한 잉글랜드 사람들이나 하는 경기야. 내가 좋아하는 운동은 럭비라고. 나한테 럭비는 단순한 운동이 아니라 종교야. 내가 태어난 고향인 셈이지. 전쟁 때문에 그만두기 전까지 매스텍에서 스크럼 하프로 뛰었어. 매스텍에서 루즈 볼은 우리 차지였지."

젊은 군인이 말했다.

"뭐라고? 무슨 말을 하는지 모르겠군."

독일군이 걱정스러운지 눈살을 찌푸리며 말했다.

"그런 건 신경 안 써도 돼. 중요한 게 아냐. 이젠 하나도 안 중요해. 모든 걸 이런 식으로 평화롭게 풀었어야 하는데. 전쟁 얘기를 하는 거야. 그러면 나는 내 집으로 돌아갈 수 있을 거고, 당신도 당신 집으로 돌아갈 수 있을 텐데. 더군다나 이건 당신 잘못도 내 잘못도 아니잖아. 우리 둘의 잘못이 아니라고."

이제 양쪽 진지에서 들리던 환호성이 잠잠해졌다. 양쪽 군인들은 숨을 죽인 채 내 옆에서 두 사람이 이야기하는 걸 지켜보고 있었다. 영국 군인은 내 코를 쓰다듬고 귀를 만졌다.

"말에 대해 알기는 아는 거야? 다리 상처는 어때? 부러진 것 같아? 그쪽 다리로는 걷지도 못하는 것 같던데."

키가 큰 독일군이 물었다.

영국 군인은 허리를 굽혀 내 다리를 부드럽고 노련한 솜씨로 들어 올려 상처 주변의 진흙을 닦아 냈다.

"문제가 있는 건 분명해. 하지만 부러진 것 같지는 않아. 상처가 심해. 깊이 베였는데 철망에 그렇게 된 것 같아. 빨리 치료를 하지 않으면 상처가 악화될 거야. 영영 치료할 길이 없게 될지도 몰라. 상처로 봐서 이미 피를 많이 흘렸을 거야. 하지만 문제는 누가 이 말을 데려가느냐 하는 건데, 우리는 부대 후방 어딘가에 가축병원이 있어 데려가면 치료할 수 있을 거야. 하지만 독일군에도 그런 병원이 있겠지."

"맞아. 어딘가에 가축병원이 있을 거야. 정확히 어딘지는 모르지만."

독일군이 천천히 말했다. 독일군은 호주머니 깊숙이 손가락을 집어넣어 동전을 꺼냈다.

"원하는 쪽을 선택해. 앞면인지 뒷면인지. 그러고 나서 양쪽 군인들한테 동전을 보여 주면 누가 말을 데려갈

지 알게 될 거야. 그렇게 하면 어느 쪽도 자존심을 상하지 않을 거야. 모든 사람이 만족할 수 있을 거야.”

영국 군인은 감탄하는 눈빛으로 독일군을 바라보며 웃었다.

“좋아, 그렇게 해. 양쪽 군인들한테 동전을 보여 준 뒤 던져. 그러면 내가 어느 쪽인지 선택할게.”

독일군은 양쪽 군인들이 볼 수 있게 동전을 들어 올려 천천히 앞뒤로 한 바퀴 돌린 뒤 손가락으로 튕겼다. 동전이 공중에서 햇빛을 받아 반짝거리다가 땅바닥에 떨어지는 순간 영국 군인이 큰 소리로 외쳤다. 세상 사람들이 모두 들을 수 있을 정도로 쩌렁쩌렁하게 울려 퍼지는 목소리였다.

“앞!”

“어디 한번 볼까. 먼지 속에서 황제의 얼굴이 나를 바라보고 있군. 표정이 별로 좋지 않은데. 유감이지만 자네가 이겼네. 말은 자네 거야. 잘 보살피게.”

독일군이 몸을 구부려 동전을 주우며 말했다.

독일군은 내 목에 걸었던 밧줄을 영국군에게 건네주었다. 밧줄을 건네주면서 다른 쪽 손을 내밀어 우정과 화

해의 동작을 취했다. 독일군의 초췌한 얼굴에 환한 웃음이 번졌다.

"한두 시간 뒤에는 서로를 죽이려고 발버둥 칠 거야. 우리가 왜 그래야 하는지 하느님만이 아시겠지. 내 생각에 하느님도 그 이유를 잊어버렸을지 몰라. 잘 가게. 우리가 직접 보여 준 셈이야, 그렇지 않나? 서로 믿기만 한다면 사람들 사이의 문제는 얼마든지 풀 수 있다는 걸 보여 준 거야. 믿음만 있으면 되는 거야. 그게 전부인데, 안 그래?"

키 작은 영국군은 밧줄을 잡으면서 믿기지 않는다는 듯 고개를 흔들었다.

"여기서 한두 시간 정도만 당신과 이야기를 나누게 해 준다면 이 불행한 상태를 말끔하게 정리할 수 있을 텐데. 우리 쪽이나 당신 쪽 마을에 남편을 잃고 슬퍼하는 미망인들도 없을 거고, 울부짖는 아이들도 없을 텐데. 상황이 더 나빠지더라도 동전 던지기로 결정하면 될 테고, 안 그래?"

"그렇게 한다면……. 그런 식으로 한다면 우리가 이길 차례야. 그러면 영국 수상인 로이드 조지가 좋아하지 않을 거야."

독일군이 낄낄거리면서 말했다.

독일군은 영국군의 어깨에 잠시 손을 얹었다.

"자네, 몸조심하고 행운을 비네. 또 만나세!"

독일군은 발길을 돌려 천천히 완충 지대를 가로질러 철조망을 지나갔다.

"당신도."

영국군이 독일군의 등에 대고 소리쳤다. 그러고 나서 나를 끌고 카키색 군인들이 있는 진지로 돌아갔다. 내가 다리를 절뚝거리며 철조망 구멍을 통과해 걸어가자 군인들이 웃으면서 환호성을 질렀다.

17장

가축 운반 마차에서 다리 세 개로만 서 있는 건 너무 힘들었다. 그날 아침, 나는 완충 지대에서 나를 데려온 키 작고 용감한 영국군의 손을 떠나 마차에 몸을 실었다. 군인들은 내가 떠날 때 둘러싸고 빙빙 돌면서 환호성을 질렀다. 하지만 나는 마차가 덜거덕거리며 오랫동안 험한 길을 지나가는 바람에 균형을 잃고 바닥에 볼썽사나운 모습으로 쓰러진 채 실려 갔다. 마차는 전선을 떠나 천천히 이동했지만 좌우로 흔들릴 때마다 상처 입은 다리가 욱신욱신 쑤셨다. 땅딸막한 검은 말 두 마리가 마차를 끌었는데, 말은 손질이 잘되어 있었고 마구도 잘 움직였다. 나는 오랫동안 배고픔과 통증에 시달려 몸이 약해진 탓에 일어설 힘도 없었다. 마차 바퀴가 평탄한 자갈길을 달리다가 따스하고 어슴푸레한 가을 햇빛을 받으며 갑자기 멈추어 섰다. 흥분한 말 울음소리가 나를 반겼다. 고개를 들고 주위를 살폈다. 양쪽에 커다란 마구간이 있는 넓은 자갈길과 작은 탑이 달린 대저택이 보였다. 호기심에 가득한 말들이 귀를 쫑긋 세운 채 마구간 문 너머로 머리를 내밀고 있었다. 어디에나 카키색 군복을 입은 군인들이 걸어 다녔다. 군인들 몇몇이 내가 있는 쪽으로 달려왔는데, 그 가운데 한 명이 굴레를 들고 왔다.

오랫동안 여행을 한 탓에 기운도 없고 다리에 감각도 없어 마차에서 내리는 게 고통스러웠다. 하지만 군인들이 나를 일으켜 뒷걸음질로 마차에서 천천히 내려오게 했다. 나는 안마당 한가운데서 걱정과 감탄이 깃든 눈길을 한 몸에 받고 있었다. 군인들은 내 몸 구석구석을 더듬으면서 꼼꼼하게 살펴보았다.

"도대체 네가 뭐라도 되는 줄 아는 거야? 넌 그냥 말일 뿐이야. 다른 놈들하고 똑같은 말이라고."

벼락같은 목소리가 안마당에 울려 퍼졌다.

몸집이 큰 군인이 성큼성큼 걸어왔다. 장화를 신고 자갈길을 걷느라 바삭거리는 소리가 났다. 입술에서 귀로 뻗어 올라간 붉은 콧수염과 거의 코에 닿을 정도로 내려 쓴 모자 때문에 생긴 그림자가 군인의 침울하면서도 불그스름한 얼굴을 절반이나 가리고 있었다.

"유명한지도 모르지. 그래, 완충 지대에서 유일하게 살아 돌아온 굉장한 말일지도 모르지. 그래도 단지 더러운 말 한 마리일 뿐이야. 여기서 엉망진창인 채로 끌려온 말들을 많이 봤지만 이놈은 그 가운데서도 가장 꾀죄죄하고, 더럽고, 진흙투성이야. 볼품 하나 없는데, 이놈을 보겠다고 이렇게 난리를 피우다니."

군인의 팔에는 폭이 넓은 세 줄의 계급장이 달려 있었고, 깨끗한 카키색 군복에는 칼처럼 주름이 잡혀 있었다.

"여기 병원에는 병든 말이 백 마리도 넘는다. 그런데 고작 열두 명의 군인이 놈들을 다 돌보고 있다. 이놈은 어린 병사들이 돌보기로 했으니 나머지 제군들은 빨리 돌아가 일을 하도록. 움직여! 어서 움직여!"

군인들이 사방으로 흩어지고 내 곁에 남아 있던 어린 군인이 나를 마구간으로 끌고 갔다.

"그리고 자네."

벼락같은 목소리가 다시 들렸다.

"마틴 소령님이 십 분 뒤에 저놈을 살피러 관사에서 내려오실 거야. 엄청나게 깨끗하고 반들반들하게 만들어 놔야 해. 면도 거울로 쓸 수 있을 정도로 말이다. 알겠나?"

"예, 상사님."

어린 군인이 대답했다. 나는 그 목소리를 듣고 갑자기 온몸이 떨렸다. 틀림없이 전에 들어 본 목소리였다. 순간 기쁨과 희망과 기대로 몸이 오싹해지면서 마음이 따뜻해지는 걸 느꼈다. 어린 군인은 나를 끌고 천천히 자갈길을 가로질러 갔다. 나는 걸어가는 내내 군인의 얼굴을 더 잘 보려고 애를 썼다. 하지만 군인은 저만치 앞장서 걸어갔기 때문에 말끔하게 면도한 목과 연분홍색 귀만 보였다.

"이 바보야, 도대체 완충 지대에서 어떻게 빠져나온 거야? 너를 가축병원에 데리고 올 거라는 전갈을 받았을 때부터 모두 궁금해했어. 그런데 완충 지대에는 어떻게 들어가게 된 거야? 이거 진흙이나 피가 묻지 않은 곳이 한군데도 없네. 데이비드가 이렇게 더러운 너를 보고 뭐라고 할지 궁금하다. 곧 만나게 될 거야. 여기 밖에서 대충 손봐 줄게. 그런 다음 장교님이 오기 전에 제대로 솔질을 할 거야. 바보야, 이리 와. 내가 너를 씻겨 놓으면 소령님이 오셔서 네 상태를 보고 심각한 상처를 치료해 주실 거야. 그리고 미안한 이야기지만 소령님의 명령이 떨어지기 전까지 사료나 물은 줄 수 없어. 상사님의 명령이거든. 수술을 해야 할지도 몰라서 그래."

어린 군인이 솔질을 하며 부는 휘파람 소리는 귀에 익은 휘파람 소리였다. 내 기대가 맞다는 확신을 갖게 되었다. 내가 잘못 생각한 게 아니었다. 나는 기쁨에 넘쳐 어린 군인이 나를 알아보도록 뒷다리로 서서 울부짖었다. 내가 누군지 알게 하고 싶었다.

"바보야, 조심해. 내 모자가 벗겨질 뻔했잖아."

어린 군인은 상냥하게 말했다. 밧줄을 꼭 쥐면서 내 기분이 언짢을 때마다 했던 것처럼 내 코를 매만졌다.

"안 그래도 돼. 괜찮아. 공연히 소란 피우지 마. 꼭 너

같은 말이 있었지. 내가 그 말을 이해하고, 그 말이 나를 이해하기 전까지 그 말도 툭하면 흥분했지."

"앨버트, 또 말하고 이야기하고 있는 거냐? 이 바보야, 말들이 네 이야기를 알아들을 것 같아?"

옆방에서 목소리가 들렸다.

"데이비드, 네 말대로 내 이야기를 알아듣지 못하는 말도 있을 거야. 하지만 언젠가, 언젠가 한 마리는 꼭 알아들을 거야. 이곳에 나타나 내 목소리를 알아차릴 말이 꼭 있을 거야. 여기에 오게 되어 있어. 그러면 너도 내 이야기를 모두 알아듣는 말을 보게 될 거야."

앨버트가 말했다.

"또 조이 이야기를 하는 거야? 아직도 포기를 못 했어? 벌써 수천 번도 더 말했잖아. 네가 가축 부대에 입대한 것도 조이를 만날 수 있으리라는 기대 때문이라는 거 알아. 하지만 여기를 거쳐 간 건장한 말이 오십만 마리는 될 거야."

목소리의 주인공이 방문에 기대며 말했다.

나는 앨버트가 나를 좀 더 자세히 보게 하려고 상처 입은 발로 땅을 찼다. 하지만 앨버트는 내 목을 가볍게 두드리고는 내 몸을 씻는 일을 다시 시작했다.

"조이가 이 병원에 들어올 가능성은 오십만 분의 일이야. 현실적으로 생각해 봐. 다른 많은 말들처럼 조이도 죽었을 수 있어. 기마 의용병과 함께 팔레스타인으로 진격했을지도 모르고. 수백 마일에 걸쳐 있는 진지 어딘가에 있을지도 모르지. 네가 말을 잘 다루는 내 절친한 친구가 아니었다면 나도 아마 네가 조이 생각을 하느라 정신이 약간 나간 사람이라고 생각했을 거야."

"데이비드, 너도 조이를 보게 되면 내가 왜 이러는지 알게 될 거야. 세상에 조이 같은 말은 없어. 조이는 몸통이 적갈색인데, 갈기하고 꼬리는 검정색이야. 이마에는 십자가 모양의 흰 점이 있고, 하얀 발목은 네 개의 길이가 모두 똑같아. 또 키는 일 미터 육십 센티미터인데, 머리끝에서 발끝까지 완벽하지. 정말이야. 직접 보면 알게 될 거야. 수천 마리 말 가운데서도 조이를 골라낼 수 있어. 조이한테는 특별한 게 있거든. 아빠한테 조이를 사 가고 내게 조이 그림을 보내 준, 지금은 돌아가시고 안 계신 니컬스 대위님도 알고 계셨어. 대위님도 첫눈에 알아본 거야. 데이비드, 나는 조이를 찾아내고 말 거야. 그게 내가 여기까지 온 이유야. 내가 조이를 찾거나 조이가 나를 찾을 거라고. 나는 조이하고 약속했고, 그 약속을 꼭 지킬 거야."

앨버트가 몸을 구부려 내 몸 아래쪽에 딱딱하게 굳은 진흙을 벗겨 내며 말했다.

"버티, 너는 아무래도 제정신이 아닌 것 같아. 제정신이 아니야. 내 말은 그것뿐이야."

데이비드가 방문을 열고 나와 내 다리를 살피며 말했다.

데이비드는 내 발굽을 잡은 뒤 천천히 들어 올렸다.

"이 말도 앞 발목은 하얀색이네. 내가 상처 부위를 해면으로 닦아 줄게. 혼자서는 제 시간에 말을 다 씻기지 못할 거야. 지긋지긋한 마구간 청소를 다 끝내서 다른 일이 별로 없거든. 내가 도와주면 쉽게 끝날 거야. 매일 고함이나 질러 대는 늙은 상사는 신경 안 써도 돼. 시키는 대로 해 놓기만 하면 되는데 나는 벌써 다 해 놓았거든."

두 사람은 쉬지 않고 나를 문지르고 솔질하고 씻겼다. 나는 앨버트가 고개를 돌려 나를 쳐다보도록 코를 문지르며 가만히 서 있었다. 하지만 앨버트는 꼬리를 씻느라 바빴고, 지금은 엉덩이와 뒷다리를 씻기 시작했다.

"셋. 흰 발목이 세 개야."

데이비드가 다른 발굽들을 닦으며 말했다.

"그만 해, 데이비드. 네가 무슨 생각하는지 알아. 모두 내가 조이를 찾지 못할 거라고 생각한다는 것도 알고 있어. 발목 네 개가 모두 흰색인 군마는 수천 마리가 될 테니까. 나도 안다고. 하지만 이마에 십자가 모양의 흰 점이 있는 말은 조이뿐이야. 석양 아래 타오르는 불꽃처럼 붉게 빛나는 말이 몇 마리나 되겠어? 조이 같은 말은 없어. 이 넓은 세상에서 조이 같은 말은 없어."

"넷. 하얀 발목이 네 개야. 이마에 십자가 모양도 있고. 진흙 더미 밑으로 적갈색 몸통도 보여. 네가 찾던 조이가 여기 있다고."

데이비드가 말했다.

"놀리지 마. 데이비드, 그만 해. 내가 조이 일에 얼마나 심각한지 알 거야. 조이를 찾는 일은 세상 그 무엇과도 바꿀 수 없을 정도로 소중해. 조이는 내가 전쟁터로 오기 전에 사귀었던 유일한 친구였어. 나는 조이하고 함께 자랐어. 피를 나눈 형제처럼 느끼는 유일한 동물이야."

앨버트가 조용하게 말했다.

데이비드는 내 머리 옆에 서서 갈기를 세운 뒤 부드럽게 솔질하다가 이마를 힘차게 문질렀다. 내 눈에 있던 먼지가 날아갔다. 데이비드가 내 얼굴을 뚫어지게 쳐다보았다. 그러고 나서 코끝을 솔질하다가 귀 사이를 쓸어 올렸다. 나는 참지 못하고 머리를 갑자기 쳐들었다.

"버티."

데이비드가 조용히 말했다.

"놀리는 게 아냐. 정말 놀리는 게 아니라고. 조이의 발목 네 개가 모두 하얗고, 크기가 똑같다고 했지? 맞지?"

"그래."

앨버트는 내 꼬리를 솔질하며 말했다.

"또 이마에 십자가 모양의 흰 점이 있다고 했지?"

"맞아."

앨버트는 전혀 관심을 보이지 않았다.

"버티, 나는 지금까지 그런 말을 한 번도 본 적이 없어. 그런 말은 없을 줄 알았어."

데이비드는 손으로 내 이마의 털을 문지르며 말했다.

"있다니까. 그리고 조이는 적갈색이야. 햇빛을 받으면

타는 듯한 붉은색이라고."

앨버트가 날카롭게 말했다.

"나는 세상에 그런 말이 없을 줄 알았어. 지금까지는 그런 말이 없는 줄 알았어."

데이비드가 목소리를 한껏 낮추며 말을 이었다.

"데이비드, 그만둬. 내가 말했잖아? 조이 갖고 장난치기 싫단 말이야."

앨버트가 말했다. 앨버트의 목소리에 짜증이 묻어났다.

"버티, 장난치는 거 아냐. 난 정말 진지하다고. 장난이 아니야. 이 말의 발목 네 개가 모두 하얀색이야. 네가 말한 것처럼 머리에는 십자가 모양의 흰 점도 또렷하게 있어. 너도 봤다시피 갈기와 꼬리도 검은색이야. 키는 일 미터 육십 센티미터 정도 되고. 다 씻기고 나면 그림 속의 모습과 똑같을 거야. 그리고 진흙 밑으로 보이는 몸통도 적갈색이야. 네가 말한 것처럼."

앨버트가 갑자기 잡고 있던 내 꼬리를 놓아 버렸다. 앨버트는 손으로 내 등을 쓰다듬으며 천천히 앞으로 걸어왔다. 마침내 나는 앨버트와 얼굴을 마주했다. 앨버트의 모습은 내가 기억하고 있는 것과 달랐다. 얼굴은 더 거칠어져 있었고, 눈가에는 주름살이 늘었으며 몸집도 더 커졌다. 하지만 내 친구 앨버트였다. 의심할 것 없이 내 친구 앨버트였다.

"조이? 조이?"

앨버트가 내 눈을 들여다보면서 주저하며 말했다.

나는 기뻐서 머리를 치켜들고 큰 소리로 울었다. 내 울음소리가 마당에 울려 퍼지자 말과 군인 들이 마구간 문으로 모여들었다.

"그럴지도 몰라. 데이비드, 네 말이 맞아. 조이일지도 몰라. 울음소리도 비슷해. 이 말이 조이인지 아닌지 확인할 방법이 있어."

앨버트가 조용히 말했다.

앨버트는 내 목에 걸려 있던 밧줄을 푼 뒤 고삐도 빼 버렸다. 그러고 나서 출입구까지 걸어간 뒤 고개를 돌렸다. 앨버트는 손을 입술에 대고 휘파람을 불었다. 올빼미의 울음소리를 흉내 낸 휘파람 소리였는데, 몇 년 전에 농장에서 앨버트와 함께 지낼 때 외출할 때마다 나를 부르던 소리였다. 나는 갑자기 다리가 아프지 않았다. 나는 앨버트한테 달려가 어깨에 코를 비벼 댔다.

"데이비드, 조이야. 내 친구 조이야. 드디어 조이를 찾았어. 조이가 내 곁으로 돌아왔어."

앨버트가 팔로 내 목을 감싼 채 갈기를 잡아당기며 말했다.

"맞지? 내가 뭐라 그랬어? 이제 알았지? 나는 늘 맞는 말만 한다니까."

데이비드가 얼굴을 찡그리며 말했다.

"그래. 맞는 말만 하지. 맞는 말만. 데이비드, 이번에도 네 말이 맞았어."

앨버트가 말했다.

18장

앨버트와 다시 만나 행복한 날들이 계속되면서 내가 겪었던 악몽들은 감쪽같이 사라졌다. 전쟁이 멀리 사라져 대수롭지 않은 일로 바뀐 것만 같았다. 마침내 대포 소리도 더 이상 들리지 않았다. 하지만 전선에서 가축 마차가 정기적으로 오는 걸로 봐서는 고통과 갈등이 말끔하게 끝난 건 아닌 것 같았다.

마틴 소령이 내 상처를 닦은 뒤 바늘로 꿰매 주었다. 처음에는 상처 입은 다리에 힘을 많이 줄 수 없었지만,

날이 갈수록 다리가 튼튼해졌다. 앨버트가 다시 내 곁에 있다는 것만으로도 약이 되었다. 아침마다 따뜻한 사료와 향긋한 건초를 한없이 먹었지만 상처가 나으려면 시간이 필요한 것 같았다. 앨버트는 다른 가축 위생병들처럼 많은 말을 돌보아야 했다. 하지만 자투리 시간이 날 때마다 나를 찾아 마구간을 돌아다녔다. 나는 다른 병사들한테도 유명한 존재였기 때문에 혼자 있는 경우가 거의 없었다. 늘 한두 명의 병사들이 내 방문 너머에서 감탄스러운 표정을 한 채 처다보았다. 병사들이 '벼락 상사'라고 부르는 군인도 내게 관심이 많았다. 다른 병사들이 주위에 없을 때 상사는 내 귀를 만지고 내 목 아래를 간질이면서 말했다.

"멋진 녀석이야. 내가 본 말 가운데 최고야. 몸도 점점 좋아지고 있고. 내 말 듣고 있어?"

하지만 시간이 지나도 내 몸은 좋아지지 않았다. 어느 날 아침, 나는 사료를 다 먹을 수가 없었다. 양동이를 발로 걷어차거나 마구간 빗장이 덜거덕거리는 듯한 소리 때문에 날카로워지고 갑자기 머리끝에서 발끝까지 신경이 팽팽해졌다. 특히 앞발을 꼼짝할 수 없었는데, 뻣뻣해서 힘을 줄 수도 없었다. 또 무지근한 통증이 등뼈를 따라 내달려 목과 얼굴에까지 와 닿았다.

앨버트는 양동이에 사료를 남긴 것을 보고 뭔가 잘못되었다는 걸 알아차렸다.

"조이, 왜 그래?"

앨버트가 걱정스러운 표정으로 물었다. 앨버트는 염려스러울 때 하던 대로 나를 쓰다듬으려고 팔을 뻗었다. 보통 때처럼 팔을 뻗은 것뿐인데 나는 깜짝 놀라 뒷걸음질 쳐 구석으로 갔다. 하지만 앞다리가 뻣뻣해 걸음을 제대로 옮길 수가 없었다. 나는 뒤로 넘어져 마구간 뒤편 돌담에 무거운 몸을 기댔다.

"어제 뭔가 잘못되었다는 걸 알았어."

앨버트가 내 방 한가운데 가만히 서서 말했다.

"그렇지만 몸이 조금 안 좋다고만 생각했어. 등이 판자처럼 딱딱하고, 온몸이 땀으로 젖어 있잖아. 이 바보야, 도대체 뭘 하면서 지냈던 거야?"

앨버트가 천천히 다가왔다. 여전히 그의 손길이 두렵고 소름이 끼치기는 했지만 나는 누운 채 앨버트가 쓰다듬게 놔두었다.

"헤매다 뭘 잘못 주워 먹어서 그런 건지도 몰라. 독이 든 걸 먹었거나. 그렇지? 하지만 그렇다면 이미 증상이 나타났을 텐데. 조이, 괜찮아질 거야. 만일을 위해 마틴 소령님을 데려올게. 소령님이 진찰하고 나서 잘못된 게 있으면 재빨리 고쳐 주실 거야. 아빠가 너하고 같이 있는 걸 보면 무슨 생각을 할까? 아빠는 널 찾았을 거라고는 꿈에도 생각 못 할 거야. 너를 찾아 떠난다고 했을 때 바보 같은 짓이라고 했거든. 시간 낭비에 불과하다고 말이야. 너를 찾다가 내가 죽을 수도 있다고도 했어. 하지만 조이, 네가 떠난 뒤에 아빠는 다른 사람이 되었어. 자기가 잘못했다는 걸 깨달은 거야. 아빠는 나쁜 성질을 모두 버린 것 같았어. 자기가 저지른 잘못을 보상하려고 사는 것처럼 보였거든. 매주 화요일마다 마시던 술도 끊고 내가 어렸을 때 그랬던 것처럼 엄마를 돌보고 지켜 주었어. 아빠는 나한테도 잘했어. 더 이상 나를 농장에서 열심히 일만 하는 사람으로만 생각하지 않았지."

앨버트는 나를 진정시키려는 듯 부드럽게 말했다. 무서움을 많이 타는 망아지였을 때도 그렇게 말하곤 했다. 앨버트의 목소리를 들으니 진정은 되었지만 어찌 된 일인지 몸은 계속 떨렸다. 온 신경이 팽팽해지는 것 같았고 호흡이 가빠졌다. 설명할 수 없는 불안과 공포 때문에 온 몸의 힘이 빠졌다.

"조이, 금방 올게. 걱정하지 마. 괜찮을 거야. 마틴 소령님이 널 고쳐 줄 거야. 말 돌보는 데는 소령님을 따를 사람이 없거든."

앨버트가 나한테 등을 돌린 뒤 걸음을 옮겼다.

얼마 안 있어 앨버트와 데이비드와 마틴 소령과 벼락 상사가 왔다. 하지만 마틴 소령만 내 방으로 들어와 나를 진찰했다. 다른 사람들은 내 방문에 기대어 지켜보기만 했다. 마틴 소령이 조심스럽게 다가오더니 내 앞다리 옆에 쭈그리고 앉아 상처를 살폈다. 그러고 나서 내 귀부터 시작해 등을 지나 꼬리까지 살핀 뒤, 반대쪽을 진찰하러 몸을 일으켰다. 마틴 소령은 구경하고 있던 사람들한테 고개를 돌리며 슬픈 듯 머리를 좌우로 흔들었다.

"상사 생각은 어떤가?"

마틴 소령이 물었다.

"소령님 생각하고 같습니다. 척 보니 알 것 같습니다. 녀석은 꼭 나무토막처럼 서 있어요. 꼬리는 축 늘어져 있고, 머리는 꼼짝도 안 해요. 의심의 여지가 없습니다."

벼락 상사가 대답했다.

"틀림없어. 분명해. 여기 가축병원에서 저런 증상을 보이는 말들을 많이 봤지. 녹슨 철조망이나 포탄 파편 때문에 생긴 상처일 거야. 작은 파편 하나가 몸 안에 남아 있을 수도 있고. 한 번 베이기만 해도 저렇게 되지. 그런 걸 아주 많이 보아 왔지. 자네한테는 안 됐지만."

마틴 소령이 말했다.

소령은 앨버트의 어깨에 손을 얹으며 위로의 말을 했다.

"이 말이 자네한테 얼마나 소중한 존재인지 잘 알아. 하지만 저 상태라면 우리가 할 수 있는 일이 없네."

"소령님, 무슨 말씀입니까? 무슨 뜻이에요? 조이한테 무슨 일이 생긴 겁니까? 어제 비가 올 때만 해도 아무 이상 없었습니다. 사료를 말끔하게 먹어 치우지 못하는 것 빼고는 보통 때와 다름없었습니다."

앨버트가 떨리는 목소리로 말했다.

"이런 걸 파상풍이라고 하지. 녀석의 얼굴에 다 써 있어. 녀석의 상처는 이 병원에 오기 전에 곪았을 거야. 말이 파상풍에 걸리면 살아날 가능성이 거의 없어. 거의."

벼락 상사가 말했다.

"신속하게 마무리하는 게 제일 좋아. 고통스럽게 놔둔다고 해서 달라지는 건 없어. 녀석한테나 자네한테나 빨리 끝내는 게 좋을 거야."

마틴 소령이 말했다.

"아닙니다. 그럴 수 없습니다. 조이한테 그러면 안 돼요. 어떻게든 손을 써야 합니다. 소령님은 할 수 있을 거예요. 조이를 포기하면 안 돼요."

앨버트는 아직 믿을 수 없다는 듯 목청을 높이며 말했다.

데이비드도 내 편이 되어 말했다.

"소령님, 다시 한 번 말씀해 주십시오. 우리가 이곳에 처음 왔을 때 소령님이 했던 말이 떠오릅니다. 말의 생명이 사람보다 훨씬 소중하다고 하셨잖아요. 말이 해로운 동물이 아니라 사람이 말을 나쁘게 이용하는 거라고요. 또 가축 부대에서 우리가 말을 구하기 위해서라면 하루 스물네 시간 밤낮으로 일해야 한다고 하셨잖습니까. 또 말들은 전쟁을 치르는 데 큰 도움을 주어 중요하기도 하지만, 기본적으로 귀한 존재라는 말씀도 하셨습니다. 말이 없으면 대포나 탄약을 옮길 수도 없고 기병대도 구급차도 존재할 수 없다고 하셨어요. 전선의 군인들한테 물을 길어 나를 수도 없다는 말씀도 하셨잖습니까. 소령님 말씀대로 말은 군대 전체의 생명선이에요. 절대 포기해서는 안 됩니다. 소령님도 말씀하셨잖아요? 살아 있는 한 희망은 있는 거라고. 다시 한 번 생각해 주십시오."

"그만 하게. 소령님한테 말해 봐야 소용없어. 저 불쌍한 녀석을 살릴 확률이 백만 분의 일 정도밖에 안 된다고 해도 소령님은 녀석을 살리려고 모든 노력을 다 했을 거야. 그렇죠? 그렇지 않습니까, 소령님?"

벼락 상사가 말했다.

마틴 소령은 벼락 상사를 지그시 쳐다보다가 천천히 고개를 끄덕였다.

"좋아, 상사. 자네가 이겼네. 물론 희망은 있어. 하지만 파상풍 치료를 시작하면 병사 한 사람이 한 달 이상 저놈한테 꼬박 매달려야 할 거야. 그렇게 하고도 말이 회복될 가능성은 천 분의 일 정도야."

소령이 조심스럽게 말했다.

"제발, 소령님. 제발이요. 뭐든지 하겠습니다. 다른 말도 돌보겠습니다. 정말입니다."

앨버트가 간청했다.

"저도 돕겠어요. 다른 병사들도 도울 겁니다. 틀림없어요. 소령님, 조이는 우리에게 특별한 존재예요. 앨버트가 조이와 함께 고향으로 돌아갈 수 있기를 바랍니다."

데이비드가 말했다.

"그래, 그거야. 소령님, 이 병사의 말이 사실입니다. 조이, 이 녀석이 우리와 지낸 뒤부터 특별한 존재가 되었습니다. 소령님만 허락하신다면 녀석한테 기회를 주고 싶습니다. 다른 말들도 소홀히 돌보지 않겠습니다. 그리고 마구간은 늘 깨끗하게 정돈할 것입니다."

벼락 상사가 말했다.

마틴 소령이 팔을 방문 위에 걸쳐 놓았다.

"좋아, 상사. 그렇게 하게. 나도 누구보다 도전을 좋아해. 여기다 밧줄을 매달아 놓게. 녀석은 다리를 올리고 있어야 해. 녀석이 쓰러지면 다시는 일어서지 못할 거야. 그리고 한 가지 주의를 덧붙이고 싶네. 병사들이 안마당에서 이야기할 때는 귓속말로 해야 하네. 녀석은 소음을 싫어할 거야. 그리고 짧고 깨끗한 밀짚으로 잠자리를 준비하고 밀짚을 매일 갈아 줘야 하고. 또 창문을 가려 저 녀석이 늘 어두운 곳에 있게 해야 하네. 숨이 막힐 수도 있으니까 녀석한테 건초를 주면 안 되고, 우유하고 오트밀 죽만 먹여야 해. 녀석은 나아지기 직전에 증세가 심해질 거야. 날이 갈수록 입을 더 굳게 다물겠지만 우유와 오트밀 죽을 계속 먹여야 하네. 그렇지 않으면 죽고 말 거야. 녀석을 스물네 시간 동안 돌봐야 할 거네. 그러니까 병사 한 명을 이곳에 배치해 하루 종일 지키게 해야만 할 거야. 알겠나?"

"예, 소령님. 소령님께선 너무나 현명한 결정을 내리셨다고 말씀드리고 싶습니다. 명령대로 조처하겠습니다. 자네들 생기가 넘쳐 보이는군. 자네들도 소령님이 말씀하신 것 들었지?"

벼락 상사의 콧수염 아래로 길게 웃음이 번졌다.

그날 군인들이 내 몸에 밧줄을 묶은 뒤 대들보에 걸어 내 몸무게를 지탱하게 했다. 마틴 소령은 다시 내 상처를 갈라 닦은 뒤 부식제로 치료했다. 그러고 나서 두세 시간에 한 번씩 와서 내 몸을 살폈다. 당연히 내 곁을 주로 지킨 사람은 앨버트였는데, 따뜻한 우유나 죽을 억지로 먹이려고 양동이를 내 입에 대고 있었다. 밤이면 데이비드

와 앨버트가 내 방 구석에서 나란히 자며 차례로 나를 돌
봐 주었다.

앨버트는 이런저런 이야기를 들려주며 나를 위로했다.
피곤이 몰려들어 잠이 들 때까지 이야기를 계속했다. 앨
버트는 아빠와 엄마와 농장 이야기를 들려주었다. 프랑
스로 떠나기 두세 달 전에 마을에서 만난 여자아이 이야
기도 털어놓았다. 그 여자아이는 말에 대해 아무것도 몰
랐는데, 그것이 그 여자 아이의 유일한 단점이라고 했다.

고통스러운 날들이 천천히 지나갔다. 앞다리의 뻣뻣
한 느낌이 등으로 퍼지면서 더 강렬해졌다. 하루하루 시
간이 갈수록 식욕이 줄어들었지만 살기 위해 음식을 삼
키려고 간신히 힘을 냈다. 드러누워 우울한 날들을 보내
자 하루하루가 마지막 날이 될 것처럼 느껴졌다. 하지만
앨버트가 늘 곁에 있다는 것에 힘을 얻었고 꼭 살겠다는
마음을 품게 되었다. 내가 꼭 회복될 거라는 앨버트의 확
고한 믿음과 헌신이 있었기에 목숨을 유지할 수 있었다.
주위에는 친구도 많았다. 데이비드와 가축병원 위생병들
과 버락 상사와 마틴 소령은 내게 큰 용기를 주었다. 그
사람들이 얼마나 간절하게 내가 회복되기를 바라는지 알

수 있었다. 때로는 내가 건강을 되찾기 바라는 마음이 나 때문인지 아니면 앨버트 때문인지 알 수 없을 때도 있었다. 병사들이 앨버트를 무척 좋아했기 때문이다. 하지만 잘 생각해 보니 앨버트와 내가 형제라도 되는 듯 우리를 좋아하는 것 같았다.

밧줄에 몸을 의지한 채 고통스러운 몇 주를 보낸 어느 겨울 밤, 목구멍과 목이 갑자기 풀린 느낌이 들었다. 큰 소리를 낼 수 있을 정도가 되었지만 처음에는 작은 소리만 냈다. 앨버트는 보통 때와 다름없이 벽에 등을 기댄 채 방 한구석에 앉아 무릎을 끌어당겨 팔꿈치를 올려놓고 있었다. 나는 다시 한 번 작은 소리로 울었다. 하지만 눈을 감고 있던 앨버트를 깨울 정도로 소리가 컸다.

"조이, 네 울음소리야? 이 바보야, 네 소리냐고? 조이, 다시 울어 봐. 내가 꿈을 꾼 건지도 모르잖아. 어서 다시 울어 봐."

앨버트가 일어나면서 말했다.

나는 다시 울었다. 머리를 치켜세워 흔드는 건 몇 주 만에 처음이었다. 데이비드가 내 울음소리를 듣고 벌떡 일어나 방문 너머로 고함을 치자 사람들이 모두 모여들었다. 마구간은 금세 흥분한 병사들로 넘쳐 났다. 벼락 상사가 병사들을 밀치고 나오더니 내 앞에 섰다.

"작은 소리로 말하라고 하지 않았나. 내가 들은 건 속삭이는 소리가 아닌데. 무슨 일인가? 왜 이렇게 떠들고 야단이야?"

벼락 상사가 말했다.

"상사님, 녀석이 움직였습니다. 머리를 움직여 울기까지 했다고요."

앨버트가 말했다.

"그럼 그렇지. 녀석이라면 틀림없이 그랬을 거야. 그렇고말고. 내가 그럴 거라고 하지 않았나. 괜찮아질 거라고 늘 말했잖아. 지금까지 내 말이 틀린 적 있었나?"

벼락 상사가 말했다.

"절대 없습니다. 상사님. 녀석이 다 나은 거죠? 이게 꿈은 아니죠?"

앨버트가 입이 찢어질 정도로 크게 웃으면서 물었다.

"아니야. 그냥 척 봐도 괜찮아지고 있다는 걸 알 수 있잖아. 녀석이 조용히 쉴 수 있게 야단법석을 피우지 않는다면 괜찮을 거야. 자네가 조이를 돌본 것처럼 나중에 내가 아플 때 나를 돌봐 줄 간호사가 있었으면 좋겠군. 하지만 자네보다 훨씬 예쁜 간호사여야만 할 거야."

벼락 상사가 말했다.

다리의 통증이 가시자마자 뻣뻣했던 등도 부드러워졌다. 어느 봄날 아침, 병사들은 내 몸에서 밧줄을 걷어 낸 뒤 자갈이 깔린 마당으로 데리고 갔다. 그것은 승리의 행렬이었다. 앨버트는 뒷걸음질 치며 조심스럽게 내 고삐를 잡아당겼고 행진을 하는 내내 이야기를 건넸다.

"조이, 네가 해냈어. 해냈다고. 사람들 말로는 전쟁이 곧 끝날 거래. 오래전부터 그런 이야기를 하기는 했지만 이번에는 확실해. 얼마 안 있어 전쟁이 끝나면 너하고 나는 집으로 돌아가는 거야. 널 데리고 돌아가면 아빠의 표정이 어떨지 보고 싶어. 어서 그 순간이 왔으면 좋겠어."

19장

하지만 전쟁은 끝나지 않았다. 오히려 전쟁이 우리 곁으로 더 가까이 다가온 것 같았다. 다시 불길한 대포 소리가 들렸다. 나는 거의 회복되었다. 병과 싸우느라 쇠약해져 있었지만 가축병원 주변에서 가벼운 일을 시작했다. 가장 가까운 역에서 건초와 사료를 운반하거나 안마당 근처에서 분뇨차를 끌었다. 다시 일을 하자 기운이 났다. 다리와 어깨에 살이 붙었고, 몇 주가 지나자 마구를 채우고 오랫동안 일도 할 수 있게 되었다. 벼락 상사는 일할 때도 앨버트가 내 곁에 있게 해 주었기 때문에 앨버트와 나는 거의 붙어 다녔다. 하지만 앨버트도 다른 가축 병원 위생병들과 마찬가지로 마차를 끌고 전선으로 가서 부상당한 말들을 실어 오곤 했다. 그러면 나는 바퀴가 자갈 위로 덜커덕거리며 굴러 가는 소리가 울려 퍼지고, 아치 길을 지나 기운차게 팔을 흔들며 마당으로 들어서는 앨버트의 모습이 보일 때까지 방문 너머로 머리를 내민 채 초조하게 기다렸다.

시간이 지나 전선으로 가게 되면서 다시 전쟁의 소용돌이로 빠져 들었다. 영원히 벗어나고 싶었던 날카로운 포탄 소리를 다시 듣게 된 것이다. 나는 완전히 회복되어 마틴 소령과 가축 부대의 자랑거리가 되었다. 나는 전선까지 왔다 갔다 하는 가축병원 마차를 앞장서서 끌었다. 하지만 앨버트가 항상 곁에 있었기 때문에 더 이상 대포가 무섭지 않았다. 나는 탑손처럼 내 곁에서 지켜 주는 사람이 필요했다. 앨버트도 그걸 알고 있었다. 앨버트의 낮고 부드러운 목소리나 노래 소리나 휘파람 소리를 들으면 포탄이 떨어져도 마음이 흔들리지 않았다.

앨버트는 전선으로 갔다가 돌아오는 내내 이야기를

들려주며 나를 안심시켰다. 전쟁에 관한 이야기를 할 때도 있었다.

"데이비드 말로는 독일군이 얼마 안 있어 손을 들고 말 거래. 이제는 어쩔 수 없다는 거야."

어느 여름날, 전선으로 향하는 보병대와 기병대의 행렬을 지날 때 앨버트가 콧노래를 부르며 말했다. 앨버트와 나는 녹초가 된 회색 암말을 실어 나르고 있었는데, 물을 운반하던 그 말은 전선의 진창에서 구조되었다.

"독일군이 아군에게 큰 타격을 가했대. 하지만 데이비드는 그게 독일군의 마지막 발악이라는 거야. 미국이 참전하고 영국이 확고하게 버틴다면 크리스마스 전에 전쟁이 끝날 수 있을 거라고 했어. 조이, 난 데이비드 말이 맞았으면 좋겠어. 데이비드가 하는 말은 늘 맞았거든. 사람들은 데이비드의 말을 믿어."

앨버트는 고향 집과 여자 친구에 대해서도 이야기했다.

"그 애 이름은 메이지 코블딕이야. 앤스테이 농장에서 우유 짜는 일을 하는데, 빵도 잘 구워. 조이, 그 애는네가 한 번도 맛본 적이 없는 맛있는 빵을 구워. 엄마 말로는 그 애가 구운 파이는 마을에서 가장 맛있대. 아빠는 그 애가 나한테 과분하다고 했지만 별다른 뜻은 없어. 내 기분이 좋으라고 그렇게 말한 거야. 그 애의 눈은 수레국화처럼 파랗고, 머리카락은 잘 익은 옥수수처럼 금빛이 나. 그리고 살에서는 인동덩굴 같은 냄새가 나지. 그 애가 우유 짜는 곳에서 막 나왔을 때는 젖비린내가 나서 멀리 떨어져 있지만 말이야. 그 애한테 너에 관한 이야기를 모두 했어. 군대에 들어가 너를 찾겠다는 계획을 털어놓은 유일한 사람이야. 그 애는 내가 군대에 들어가는 걸 싫어했어. 그런 생각은 하지도 말라고 했지. 내가 떠날 때도 기차역에서 엉엉 울지 뭐야. 그런 거 보면 그 애가 나를 조금은 사랑하는 거지? 이러지 마. 이 바보야. 뭐라고 이야기 좀 해 봐. 조이, 난 네게 불만이 딱 하나 있는데, 그건 네가 이 세상 누구보다 내 이야기를 열심히 귀 기울여 듣지만, 난 네가 무슨 생각을 하고 있는지 알 수 없다는 거야. 눈을 깜박거리거나 귀라도 동서남북으로 움직여 봐. 조이, 네가 말을 할 수 있으면 좋겠어. 정말이야."

어느 날 저녁, 전선으로부터 끔찍한 소식이 들려왔다. 앨버트의 친구인 데이비드가 가축병원 마차를 끌던 말

두 마리와 함께 죽었다는 것이었다.

"유탄이었어. 어디선가 유탄이 날아왔고, 데이비드가 죽었대. 조이, 난 데이비드가 몹시 그리울 거야. 우리 둘 다 데이비드를 그리워할 거야. 그렇지?"

앨버트가 내 방에 밀짚을 갖다 놓으며 말했다.

앨버트는 내 방 구석에 있는 밀짚 위에 걸터앉았다.

"조이, 데이비드가 전쟁 전에 뭘 했는지 아니? 런던의 코번트 가든 외곽에서 수레를 끌며 과일 장사를 했어. 조이, 데이비드는 너를 대단히 높게 평가했고 네 이야기를 자주 했어. 게다가 나를 보살펴 주었지. 나한테는 형 같은 사람이었어. 앞으로 살날이 창창한 스무 살 청년이었다고. 그런데 유탄 한 발 때문에 모든 게 사라지고 만 거야. 데이비드는 늘 이런 말을 했어. '내가 없다고 해서 보고 싶어 하는 사람은 없을 거야. 하지만 내 수레는 내가 있어야 돼. 유감스럽게도 수레를 전쟁터에 끌고 올 수는 없었어' 데이비드는 자기가 끌던 수레를 자랑스러워했어. 수레 옆에서 찍은 사진도 보여 줬어. 페인트칠이 되어 있는 수레에는 과일이 산더미처럼 쌓여 있었어. 데이비드는 얼굴 가득 환한 웃음을 머금은 채 그곳에 서 있었어."

앨버트는 나를 올려다보며 뺨을 타고 흐르는 눈물을 훔쳤다. 그러고는 이를 악물고 말했다.

"조이, 이제 너랑 나랑 둘만 남았어. 둘 다 집으로 돌아가는 거야. 나는 교회에서 핸드벨을 다시 연주할 거고, 메이지가 만든 빵과 파이를 먹을 거야. 너를 타고 강가도 달릴 거고. 데이비드는 내가 집으로 돌아갈 수 있을 거라고 늘 말했어. 데이비드의 말은 늘 맞았지. 데이비드의 말이 맞았다는 걸 보여 줄 거야."

순식간에 전쟁의 끝이 찾아왔다. 내 주위에 있던 군인들도 미처 예상하지 못했던 것 같았다. 군인들은 기뻐하거나 승리를 축하하지 않았다. 다만 마침내 전쟁이 끝났다는 사실에 안도하는 것 같았다. 십일월의 쌀쌀한 아침, 군인들이 마당에 모여 행복한 표정을 짓고 있었다. 앨버트가 군인들을 지나 나한테 걸어와 말했다.

"조이, 오 분만 있으면 전쟁이 끝날 거야. 모든 게 끝난다고. 독일군이나 우리나 이제 전쟁은 질색이야. 더 이상 전쟁을 하고 싶어 하는 사람은 없어. 열한 시에 대포가 멈출 거고, 그걸로 모든 게 끝날 거야. 데이비드가 살아서 우리와 함께했다면 좋았을 텐데."

데이비드가 죽은 뒤 앨버트는 예전의 앨버트가 아니었다. 예전처럼 웃거나 농담을 하지도 않았다. 그리고 나랑 있을 때도 오랫동안 골똘히 생각에 잠기곤 했다. 더이상 노래를 부르지도 않았고, 휘파람도 불지 않았다. 나는 앨버트를 위로하려고 애를 썼다. 머리를 앨버트의 어깨에 얹고, 나지막하게 울음소리를 내기도 했다. 하지만 깊은 슬픔에 잠긴 앨버트를 위로할 수는 없었다. 전쟁이 끝났다는 소식을 듣고도 앨버트의 눈은 반짝이지 않았다. 출입구 위의 시계탑에서 종소리가 열한 번 울렸다. 군인들은 마구간으로 돌아가기 전에 엄숙한 표정으로 악수를 나누거나 손바닥을 마주쳤다.

전쟁에서 승리한 대가는 가혹한 것이었다. 전쟁이 끝났다고 해서 갑자기 달라지는 것은 없었다. 가축병원은 예전처럼 움직였고, 병이 들거나 부상을 입은 말의 수는 오히려 더 많아진 것 같았다. 앨버트와 나는 출입문에 서서 의기양양하게 기차역으로 걸어가는 군인들의 끝없는 행렬을 구경했다. 앨버트와 나는 집으로 돌아가는 탱크나 대포나 트럭에서 눈을 떼지 못했다. 하지만 우리는 이동하지 않았다. 앨버트는 다른 군인들처럼 한시라도 빨리 집으로 돌아가고 싶어 초조해했다.

다른 날 같으면 자갈이 깔린 안마당의 한가운데에서 관병식이 시작되고, 마틴 소령이 말과 마구간을 점검했을 것이다. 하지만 이슬비가 음산하게 내리고 비에 젖은 자갈들이 새벽빛에 회색으로 반짝이던 그날 아침은 달랐다. 부대의 승선 계획이 발표되었다. 소령이 짧은 연설을 끝내고 있었다.

"모든 게 순조롭다면 토요일 저녁 여섯 시에 런던의 빅토리아 역에 도착하게 될 거야. 크리스마스까지는 집으로 돌아갈 수 있을 거다."

"한 가지 여쭤 봐도 되겠습니까?"

벼락 상사가 과감하게 물었다.

"말해 보게."

"말들에 관한 것입니다. 병사들은 말들이 어떻게 될지 궁금해하고 있습니다. 저희와 한 배를 타게 됩니까? 아니면 나중에 우리 뒤를 따라오게 됩니까?"

마틴 소령이 다리를 움직이며 장화를 내려다보았다. 소령은 목소리가 들리지 않기를 바라는 사람처럼 나지막하게 말했다.

"상사, 아니다. 안됐지만 말들은 우리와 함께 가지 않는다."

관병식에 참가한 병사들은 귀에 들릴 정도로 불평을 늘어놓았다.

"그러니까 소령님 말씀은 말들이 다음 배편으로 온다는 겁니까?"

벼락 상사가 물었다.

"그게 아니네. 그런 뜻이 아니야. 내가 말한 그대로다. 말들은 우리하고 함께 가지 않는다. 프랑스에 남게 될 거야."

소령은 단장으로 옆구리를 툭툭 치면서 말했다.

"여기 남는다고요? 하지만 어떻게 여기 남습니까? 누가 말들을 돌봅니까? 하루 종일 지켜봐야 할 텐데요."

벼락 상사가 물었다.

소령은 고개를 끄덕였다. 소령의 눈길은 여전히 땅바닥을 향하고 있었다.

"내가 하는 말에 불만을 가질 거야. 안타깝지만 군대에서 쓰던 말들을 프랑스에 팔기로 결정했네. 여기 가축 병원에 있는 말들은 병이 들었거나 병든 적이 있는 녀석들일세. 그런 말들을 영국으로 데리고 갈 수 없다고 판단한 거지. 내일 아침 이곳 안마당에서 말을 팔게 될 거야. 이미 벽보를 이웃 마을에 붙였네. 경매로 말들을 팔게 될 거라고."

"소령님, 지금 경매로 판다고 하셨습니까? 우리와 함께 지내던 말들을 경매에 부친다는 말씀입니까? 하지만 그게 무슨 뜻인지 잘 아시지 않습니까? 무슨 일이 벌어질지 아시잖습니까?"

벼락 상사는 공손하게 말하려고 애썼다.

"상사 말이 맞네. 말들이 어떻게 될지 나도 아네. 하지만 어쩔 수가 없어. 상사, 우리는 군인이네. 군인은 명령에 따라야 한다는 걸 상기시키지 않아도 되겠지."

"하지만 프랑스 사람들이 말을 사는 이유를 아시잖습니까? 이곳에 남게 될 수많은 말들은 퇴역 군인입니다. 이제 녀석들이 쓸모없어졌다고 해서 손을 떼라는 말입니까? 이런 식으로 끝나게 놔둬야 하냐고요? 우리 말들이 그 정도밖에 안 됩니까?"

벼락 상사가 감정을 애써 억누르며 말했다.

"나도 유감으로 생각하네. 자네 상상대로 최후를 맞이

하는 말들도 있을 걸세. 아니라고 하지 않겠네. 충분히 화를 낼 만하지. 나도 기분이 좋지 않아. 하지만 내일이면 이 말들은 대부분 팔릴 거고, 그다음 날 우리는 출발해야 하네. 상사도 알고 나도 아는 사실이야. 내가 할 수 있는 일은 없네."

소령이 단호하게 말했다.

그때 앨버트의 목소리가 마당에 울려 퍼졌다.

"소령님, 말들을 모두 파는 겁니까? 모두요? 죽음의 문턱에서 살려 낸 조이도요? 조이도 파는 겁니까?"

마틴 소령은 아무 말 없이 발길을 돌려 그 자리를 떠났다.

20장

　그날 마당은 비밀스러운 분위기가 감돌았다. 군인들은 외투의 깃을 세워 빗물이 목으로 들어가지 못하게 하면서 낮고 심각한 목소리로 비밀 이야기를 나누었다. 앨버트는 그날 하루 종일 내게 눈길 한번 주지 않았다. 말을 걸지 않았을 뿐만 아니라 제대로 쳐다보지도 않았다. 입을 굳게 다문 채 청소를 하고, 건초를 쌓고, 말을 돌보는 등 일과를 바쁘게 처리했다. 나쁜 일이 일어날 것만 같았다. 나뿐만 아니라 마당에 모인 말들이 똑같이 느끼고 있었다. 나는 불안해서 가슴이 찢어질 것만 같았다.

그날 아침, 불길한 그림자가 마당에 드리우자 말들은 마구간에서 마음 편히 있을 수가 없었다. 군인들이 운동을 시키러 데리고 나가려 하자 말들이 놀라 날뛰었다. 앨버트도 다른 군인들처럼 내 고삐를 홱 잡아당기며 짜증스럽게 행동했는데, 그런 모습을 보이는 건 처음이었다.

그날 저녁에도 군인들은 모여 이야기를 나누고 있었다. 거기에는 벼락 상사도 끼어 있었다. 군인들은 어둠이 짙어 가는 마당에 서 있었다. 사그라지는 저녁 햇살에 군인들의 손에 들려 있는 동전이 반짝거렸다. 군인들은 벼락 상사가 들고 온 작은 깡통을 받아 들며 한 사람씩 동전을 집어넣었다. 비는 어느새 그쳐 있었다. 나는 벼락 상사가 중얼거리는 소리를 알아들을 수 있었다.

"많지는 않지만 이게 우리가 할 수 있는 전부다. 가진 게 얼마 없어. 전쟁터에서 부자가 된 사람은 없잖아. 말한 대로 나는 입찰에 참가할 거다. 명령을 어기는 거지만 그렇게 할 거다. 알았나? 하지만 아무것도 장담 못 해."

벼락 상사는 잠시 이야기를 멈추더니 어깨 너머를 살피고 나서 다시 말하기 시작했다.

"이런 이야기는 안 하려고 했다. 소령님이 하지 말라고 했으니까. 나는 상관의 명령을 어기는 사람은 아니다. 그러나 전쟁도 끝났을뿐더러 그 명령도 명령이 아니라 충고 같은 것이었으니까. 자네가 소령님을 나쁘게 생각할까 봐 이 얘기를 해 주는 거야. 소령님은 일이 어떻게 될지 잘 알고 계신다. 사실 모든 게 소령님 아이디어였다. 자네한테 먼저 넌지시 말해 주라고 시킨 것도 소령님이야. 더구나 소령님은 그동안 모은 월급을 몽땅 나한테 주셨다. 많지는 않지만 도움이 될 거야. 소령님에 관한 이야기가 한 마디도 새어 나가서는 안 된다는 걸 굳이 말하지 않아도 알겠지? 만약 이야기가 새어 나가면 소령님은 군사 재판을 받게 될 거야. 우리도 마찬가지고. 그러니까 절대 다른 사람한테 말하지 마. 알겠나?"

"상사님, 돈은 충분합니까?"

앨버트의 목소리였다.

"나도 그러길 바란다. 그랬으면 해. 자, 이제 모두 눈 좀 붙여야지. 아침 일찍 일어나 말들을 번쩍번쩍 빛나게 해 놔야지. 그게 우리가 말들에게 해 줄 수 있는 마지막 일이다. 아주 사소한 일이지만 말이야."

벼락 상사가 깡통을 흔들며 말했다.

군인들이 두세 명씩 짝을 지어 흩어졌다. 군인들은 추워서 어깨를 활처럼 구부린 채 외투 호주머니에 손을 찔러 넣고 걷고 있었다. 한 사람만 마당에 남았다. 그 군인은 잠시 하늘을 올려다본 뒤 내가 있는 곳으로 걸어왔다. 무릎을 펴지 않고 큰 걸음으로 성큼성큼 걸어왔다. 걸음걸이로 봐서 앨버트가 틀림없었다. 앨버트는 내 방문에 기대며 모자를 뒤로 돌려 썼다.

"조이, 내가 할 수 있는 건 다 했어. 우리 모두 최선을 다했어. 내 말을 다 알아들을 수 있을 테니 더 이상 말하지 않을게. 고민하는 것도 지쳤을 거야. 조이, 이번에는 아빠가 군대에 너를 팔았을 때처럼 다시 찾겠다는 약속은 못 하겠어. 약속을 지킬 수 있을지 자신이 없거든. 나는 벼락 상사님한테 도와 달라고 부탁했고, 상사님은 도와주셨어. 또 소령님한테도 도와 달라고 했고, 소령님도 도와주셨지. 이제 하느님한테 부탁할 차례야. 말하고 행동하는 모든 것이 하느님한테 달려 있기 때문이지. 우리는 최선을 다했어. 주일 학교를 마치고 집으로 돌아오는 길에 워틀 할머니가 했던 말이 기억나. '하느님은 스스로 돕는 자를 돕는다' 라는 말이었지. 워틀 할머니는 나이 많고 심술궂은 사람이었지만 성경 구절은 많이 알고 있었어. 조이, 신의 은총이 함께하길 바랄게. 푹 자.”

앨버트는 꽉 쥐고 있던 주먹을 편 뒤 내 주둥이를 문질렀다. 그리고 마구간의 어둠 속에 나를 혼자 남겨 놓고 떠나기 전에 내 귀를 쓰다듬었다. 앨버트가 그렇게 다정하게 말하는 건 데이비드가 죽었다는 소식을 전해 들은 날 이후로 처음이었다. 앨버트가 이야기하는 것만 들어도 마음이 따뜻해졌다.

새벽빛이 시계탑을 비추자 포플러 나무에 서리가 내려 반짝거리는 자갈길 위에 구부러진 그림자를 길게 드리웠다. 앨버트는 기상나팔 소리가 울려 퍼지기 전에 다른 군인들과 함께 일어났다. 첫 번째 손님들이 짐마차와 차를 끌고 마당에 도착했다. 앨버트가 열심히 사료와 물을 먹이고 손질을 한 덕분에 내 몸은 아침 햇빛을 받아 붉게 빛났다.

손님들은 마당 한가운데로 몰려들었고, 걸을 수 있는 말들은 모두 나와 길게 줄을 선 채 마당 주위를 행진했다. 그러다가 한 마리씩 경매인과 손님 앞으로 끌려 나갔

202

다. 나는 말들이 모두 팔리는 모습을 내 방 안에서 지켜보면서 기다리고 있었다. 내 순서는 맨 마지막인 것 같았다. 아침 일찍 경매하는 소리가 울려 퍼지자 갑자기 몸이 달아오르고 땀이 났다. 앨버트가 간밤에 나를 안심시키며 했던 이야기를 떠올렸다. 잠시 뒤 요동치던 심장이 잠잠해졌다. 앨버트가 편안하고 침착한 모습으로 나를 마당으로 데려갔다. 앨버트가 내 목을 가볍게 두들기면서 귀에 대고 비밀 이야기를 했다. 나는 앨버트를 굳게 믿었다. 앨버트가 나를 데리고 한 바퀴 돌자 손님들이 마음에 든다는 듯 고개를 끄덕이거나 이야기를 나누었다. 마침내 나는 멈추어 서서 딱딱하게 굳은 불그스름한 얼굴과 욕심이 가득한 눈들과 마주했다. 닳아 해진 외투와 모자를 걸치고 있는 손님들 사이에 키 큰 벼락 상사가 말없이 우뚝 서 있었다. 그리고 한쪽에는 가축병원 군인들이 벽을 따라 길게 줄을 서서 초조하게 경매를 지켜보고 있었다. 입찰이 시작되었다.

나는 손님들 사이에 인기가 있어 신속하게 경매가 진행되었다. 하지만 가격이 올라가자 하나 둘씩 고개를 절레절레 흔들기 시작했고, 두 명의 입찰자만 남았다. 한 명은 벼락 상사였는데, 입찰을 할 때 경례를 하듯 모자한 귀퉁이에 지팡이를 갖다 댔다. 다른 한 명은 마르고 강단 있게 생긴 키 작은 사내로 족제비눈을 하고 있었다. 그 사내는 탐욕과 사악함으로 가득 찬 표정으로 웃고 있었기 때문에 얼굴을 쳐다보기도 싫었다. 가격은 계속 올라갔다.

"이십오, 이십육, 이십칠, 이십칠 파운드까지 나왔습니다. 오른편에 앉아 계신 손님, 이십칠 파운드까지 나왔습니다. 더 없으십니까? 저기 상사님의 가격보다 높은 금액입니다. 이십칠 파운드 나왔습니다. 더 없으십니까? 보시다시피 젊고 멋진 말입니다. 이십칠 파운드보다 훨씬 가치가 있는 놈입니다. 더 없으십니까?"

벼락 상사가 고개를 좌우로 흔들었다. 시선을 떨어뜨리고 패배를 인정하고 있었다.

"하느님, 안 돼요. 맙소사. 조이, 저 사람은 안 돼. 저 사람은 아침 내내 말을 샀단 말이야. 벼락 상사 말로는 캉브레에서 온 정육점 주인이래. 하느님, 안 돼요."

내 옆에 있던 앨버트가 속삭이는 소리가 들렸다.

"입찰자가 더 없으면 이십칠 파운드에 캉브레에서 온

시라크 씨에게 넘어갑니다. 더 없습니까? 이십칠 파운드입니다. 없습니까? 없습니까?"

"이십팔."

손님들 사이에서 목소리가 들렸다. 지팡이에 힘들게 몸을 지탱하고 있던 백발의 할아버지가 다리를 끌며 손님들 사이를 빠져나와 맨 앞에 섰다.

"이십팔 파운드에 입찰합니다."

할아버지가 서툰 영어로 말했다.

"그리고 미리 말하는데 필요하다면 얼마라도 지불할 거요. 입찰에서 나를 이길 생각은 하지 않는 게 좋을 게요. 필요하다면 백 파운드라도 지불할 것이오. 나 말고 다른 사람이 이 말을 살 수는 없을 거요. 이 말은 내 손녀 에밀리의 말이오. 이 말의 주인은 내 손녀요."

할아버지는 캉브레의 정육점 주인을 향해 고개를 돌리면서 말했다.

에밀리의 이름을 듣고 나서야 내 눈과 귀가 제대로 움직이기 시작했다. 할아버지는 내가 마지막으로 보았을 때보다 훨씬 늙어 있었다. 목소리도 내가 기억하는 것보다 훨씬 가늘고 힘이 없었다. 하지만 내 앞에 서 있는 사람은 에밀리 할아버지가 확실했다. 할아버지는 입을 굳게 다물고 날카로운 눈초리로 자기보다 높은 가격으로 입찰하려는 손님들에게 맞서고 있었다. 아무도 입을 열지 않았다. 캉브레 정육점 주인은 고개를 절레절레 흔들더니 발길을 돌렸다. 경매인도 놀랐는지 침묵을 지키고 있었다. 한참이 지나서야 경매인이 망치로 책상을 내리쳤고, 나는 에밀리 할아버지한테 팔렸다.

21장

경매가 끝난 뒤 벼락 상사는 마틴 소령과 할아버지와 이야기를 나누고 있었다. 벼락 상사의 얼굴에는 낙담한 표정이 역력했다. 말과 손님 들이 차를 타고 가 버리자 마당은 텅 비었다. 앨버트와 그의 친구들이 나를 둘러싼 채 가여운 눈길을 보내고 있었다. 군인들은 앨버트를 위로하려고 애썼다.

"앨버트, 걱정할 필요 없어. 어쨌든 그나마 다행이잖아. 그렇지 않아? 우리 부대에 있던 말의 절반 이상이 정육점 주인들한테 팔려 갔어. 그 말들이 어떻게 될지는 뻔하잖아. 그래도 조이는 늙은 농부 손에 들어갔으니 안전할 거야."

누군가 말했다.

"그걸 어떻게 알아? 그 할아버지가 농부라는 걸 어떻게 아냐고?"

앨버트가 물었다.

"할아버지가 상사님한테 말하는 걸 들었어. 골짜기 아래에 농장이 있다고 했어. 버락 상사님 말로는 그 할아버지가 살아 있는 한 조이는 일하지 않아도 된대. 할아버지가 에밀리인가 뭔가 하는 여자아이에 대해 이야기하는 걸 듣기만 하면 된대. 할아버지의 말을 절반도 알아들을 수 없었지만."

"나는 그 할아버지가 어떤 사람인지 모르겠어. 행동하는 걸 보면 미친 사람 같기도 하고. 에밀리가 누군지 모르겠지만 조이가 원래 에밀리의 말이었다고 하잖아. 분명히 그렇게 말했지? 도대체 그게 무슨 소리야? 조이가 누군가의 말이었다면 군대의 것이었고, 이제는 내가 주인이잖아."

"앨버트, 할아버지한테 직접 말해 봐. 아직 기회는 있어. 그 할아버지가 소령님과 상사님과 함께 여기로 올 거야."

누군가 말했다.

앨버트는 팔로 내 턱을 감싸고 손을 뻗어 내 귀 뒤를 긁어 주었다. 앨버트는 그곳을 긁어 주면 내가 가장 좋아한다는 것을 알고 있었다. 소령이 가까이 다가오자 앨버트가 차려 자세를 취하고 재빨리 경례를 했다.

"소령님께 감사를 드리고 싶습니다. 소령님께서 한 일을 알고 있습니다. 고맙습니다. 성공하지 못한 건 소령님 잘못이 아닙니다. 비록 실패는 했지만 진심으로 감사드립니다."

"이 병사가 무슨 말을 하는지 모르겠군. 상사, 자네는 알겠나?"

마틴 소령이 물었다.

"저도 모르겠습니다. 녀석들이 우유 대신 사과술을 마신 모양입니다. 술에 취한 게 틀림없습니다. 그렇지?"

벼락 상사가 말했다.

"소령님, 죄송합니다. 조이를 산 프랑스 노인한테 물어보고 싶은 게 있습니다. 그 사람이 말한 에밀리인가 뭔가 하는 아이에 대해 알고 싶습니다."

앨버트가 소령과 상사의 장난 섞인 대화에 어리둥절
해하며 말했다.

"이야기하자면 긴데."

마틴 소령이 그렇게 말하고는 할아버지를 향해 말했다.

"직접 말하고 싶어 하실 것 같습니다. 우리가 말씀드
린 바로 그 젊은이입니다. 그 말과 함께 자랐고, 그 말을
찾아 프랑스까지 온 젊은이입니다."

할아버지는 앨버트를 단호한 눈길로 바라보고 있었
다. 그러고 나서 잔뜩 굳어 있던 얼굴을 갑자기 환하게
폈다. 할아버지가 웃음을 지으며 손을 내밀었다. 앨버트
는 깜짝 놀라며 할아버지와 악수를 나누었다.

"그래, 젊은이. 자네하고 나는 공통점이 많아. 나는 프
랑스인이고 자네는 영국 군인이지만 말이야. 물론 나는
늙고 자네는 젊다는 것도 다르지. 하지만 우리는 둘 다
이 말을 사랑해, 그렇지? 소령님한테 들었는데 자네도
영국에 있을 때 나처럼 농부였다지. 농부야말로 이 세상
최고의 직업일세. 내가 살아 봐서 알지. 자네 농장에서는
뭘 기르는가?"

"주로 양을 기릅니다. 소나 돼지도 조금 키우고요. 보리밭도 조금 있습니다."

"저 말을 농장 말로 키운 게 자네란 말인가? 정말 잘 키웠어. 정말이야. 자네 눈을 보니 뭘 궁금해하는지 알 것 같네. 내가 어떻게 저 말을 알게 되었는지 말해 주지. 자네 말과 나는 오래된 친구일세. 저 말은 에밀리와 나와 함께 지냈어. 벌써 오래전의 일이네. 전쟁이 일어나고 얼마 안 돼서였지. 독일군이 저 말을 붙잡아서 전선과 야전 병원을 오가는 응급 마차를 끌게 했어. 저 말 말고도 멋진 말이 한 마리 더 있었는데 아주 뛰어난 검은 말이었네. 자네 말과 검은 말은 독일군 야전 병원에서 가까운 우리 농장에서 살게 되었지. 내 손녀인 에밀리가 말들을 돌보며 가족처럼 애지중지 키웠지. 에밀리한테 가족이라곤 나 하나밖에 없었거든. 나머지 가족은 전쟁 통에 모두 저 세상으로 떠났지. 말들은 에밀리하고 나하고 일 년 정도 함께 살았을 거야. 일 년이 안 될 수도 있고 더 될 수도 있지만 그런 건 중요하지 않네. 독일군들은 친절했고, 떠날 때 우리한테 말을 남겨 주었어. 그래서 녀석들은 에밀리와 내 말이 되었지. 그러던 어느 날 다른 독일군들이

들이닥쳤네. 하지만 그들은 예전의 독일군처럼 친절하지 않았어. 그 독일군들은 대포를 끌 말이 필요했고, 떠나면서 우리 농장에 있던 말들을 데리고 갔네. 어쩔 도리가 없었지. 그 일이 있고 나서 에밀리는 삶의 의지를 잃어버리고 말았어. 원래 몸이 약한 아이였는데 가족이 죽고 새로 생긴 가족이었던 말들까지 끌려가자 살고 싶은 생각이 없어진 거야. 에밀리는 점점 건강이 안 좋아지더니 작년에 저 세상으로 갔어. 고작 열다섯 살이었지. 하지만 죽기 전에 독일군이 데려간 말들을 어떻게든 찾아 보살펴 달라고 했네. 말 경매장을 그렇게 쫓아다녔지만 아까 얘기한 검은 말은 찾을 수가 없었어. 그래도 마침내 에밀리와 약속한 대로 말 한 마리는 찾았어."

할아버지는 두 손으로 지팡이를 짚은 채 서 있었다. 아까보다 더 힘겨워 보였다. 할아버지는 신중하게 단어를 고르면서 천천히 말했다.

"젊은이, 자네는 농부야. 농부니까 알 거야. 영국 농부든, 프랑스 농부든, 벨기에 농부든 농부라면 물건을 양보하는 일은 없다는 걸. 그럴 여유가 없으니까. 농부도 살아야 하니까, 그렇지? 소령님과 상사님이 자네가 이 말을 얼마나 사랑하는지 말씀해 주셨네. 부대원 모두 이 말을 사기 위해 애썼다는 이야기도 들었지. 정말 훌륭한 일이야. 에밀리가 살아 있었다면 좋아했을 거네. 그리고 에밀리도 내 생각대로 했을 거야. 나는 늙었어. 에밀리의 말을 데리고 가서 뭘 할 수 있겠나? 평생 들판에 풀어 놓는다고 해서 살이 오르지는 않을 거야. 나도 나이가 들어 녀석을 돌볼 수 없을 거고. 내 기억이 맞는다면 녀석은 일하는 걸 좋아하네, 그렇지? 제안이 하나 있어. 자네한테 에밀리의 말을 팔겠네.”

“팔아요? 하지만 제겐 조이를 살 돈이 부족한걸요. 아시잖아요. 우리가 모은 건 겨우 이십육 파운드인데, 할아버지는 이십팔 파운드를 주고 사셨잖아요. 그러니 어떻게 할아버지한테서 조이를 살 수 있겠어요?”

“자네가 내 말을 못 알아듣는구먼. 전혀 못 알아들었어. 나는 자네한테 이 말을 일 페니를 받고 팔겠네. 하지만 약속을 해 줘야 하네. 먼저 우리 에밀리가 사랑했던 것보다 더 많이 이 말을 사랑해야 하네. 또 이 말이 생명을 다할 때까지 돌봐주어야 하고. 그리고 가장 중요한 게 남았네. 사람들한테 우리 농장에서 조이와 검은 말이 함께 지낼 때 우리 에밀리가 얼마나 잘 보살폈는지를 이야기해야 하네. 나는 에밀리가 사람들의 마음속에 살아 있기를 바란다네. 몇 년 안 있어 나도 이 세상을 떠날 걸세. 그렇게 되면 에밀리를 기억할 사람이 아무도 없겠지. 나한테는 에밀리를 기억할 가족이 남아 있지 않아. 에밀리는 비석에만 이름이 남을 거고, 아무도 거들떠보지 않겠지. 그래서 자네가 고향집으로 돌아가면 친구들한테 에밀리에 대해 이야기해 달라는 거야. 그렇지 않으면 에밀리는 이 세상에 태어나지도 않은 사람이 될지도 모르니까. 내 부탁 들어주겠나? 그러면 에밀리는 영원히 살 수 있을 거야. 그리고 그것이 바로 내가 바라는 거라네. 어때, 거래가 성사된 건가?"

할아버지가 웃음을 애써 참으며 말했다.

앨버트는 너무 감동을 받아 아무 말도 하지 못했다. 할아버지의 제안을 받아들인다는 표시로 손을 내밀 뿐이었다. 하지만 할아버지는 앨버트의 손을 잡지 않았다. 대신 앨버트의 어깨에 손을 얹고 두 뺨에 키스를 했다.

"고맙네."

할아버지가 말했다. 그러고 나서 발길을 돌려 부대의

모든 병사와 일일이 악수를 나누었다. 할아버지는 마침
내 절뚝거리며 뒤로 걸어와 내 앞에 섰다.

"잘 있게, 친구."

할아버지가 입술을 내 코에 가볍게 갖다 댔다.

"에밀리가 전하는 인사야."

할아버지는 마지막 인사를 하고 떠났다. 하지만 두세
걸음을 걷다가 멈추고는 뒤를 돌아보았다. 마디가 많은
지팡이를 흔들며 화난 듯한 표정을 짓다가 싱글거리고
웃었다.

"영국 사람이 프랑스 사람보다 나은 게 딱 하나 있다
는 우리 속담은 사실이야. 영국 사람이 우리보다 더 구두
쇠라는 거지. 나한테 일 페니를 안 줬어."

벼락 상사는 깡통에서 일 페니를 꺼내 앨버트에게 건
네주었다. 앨버트는 동전을 받아 들고 할아버지한테 뛰
어갔다.

"이걸 소중하게 간직하겠네. 늘 소중하게 간직할 거야."

할아버지가 말했다.

그렇게 해서 나는 크리스마스 시즌에 앨버트를 태우

고 고향 집으로 돌아왔다. 악단의 연주와 교회의 요란한 종소리가 앨버트와 나를 반겼다. 앨버트와 나는 영웅 대접을 받았다. 하지만 진짜 영웅들은 집으로 돌아오지 못했다. 니컬스 대위, 탑손, 프리드리히, 데이비드, 에밀리는 프랑스 땅에 잠들어 있었다.

앨버트는 자기가 말한 대로 메이지 코블딕과 결혼했다. 하지만 메이지는 나를 좋아하지 않았고, 그 점에 있어서는 나도 마찬가지였다. 메이지와 내가 사이가 안 좋았던 건 질투심 때문이었던 것 같다. 나는 늙지도 않고 지치지도 않는 친구인 조와 함께 들에 나가 일을 하기 시작했다. 앨버트는 농장을 넘겨받았고 핸드벨 연주도 했다. 그 이후에도 앨버트는 나한테 이런저런 이야기를 들려주었다. 손자만큼이나 나를 끔찍이 사랑하는 앨버트 아빠와 변덕스러운 날씨와 시장 이야기, 그리고 메이지에 관한 이야기를 했다. 메이지가 만든 겉이 딱딱한 빵은 앨버트의 말대로 근사했다. 나는 먹으려고 하면 먹을 수 있었지만 메이지의 파이에는 입도 대지 않았다. 그리고 메이지도 나한테 먹어 보라는 말 한번 하지 않았다.